江南志怪集

朱永贞 著

江苏凤凰文艺出版社

图书在版编目（CIP）数据

江南志怪集 / 朱永贞著 . —— 南京：江苏凤凰文艺出版社，2023.1
ISBN 978-7-5594-6577-1

Ⅰ.①江… Ⅱ.①朱… Ⅲ.①短篇小说 – 小说集 – 中国 – 当代 Ⅳ.① I247.7

中国版本图书馆 CIP 数据核字（2022）第 170656 号

江南志怪集

朱永贞　著

出 版 人	张在健
责任编辑	梁雪波
装帧设计	张景春
责任印制	刘　巍
出版发行	江苏凤凰文艺出版社
	南京市中央路 165 号，邮编：210009
网　　址	http://www.jswenyi.com
印　　刷	江苏凤凰通达印刷有限公司
开　　本	880 毫米 × 1230 毫米　1/32
印　　张	6.75
字　　数	100 千字
版　　次	2023 年 1 月第 1 版
印　　次	2023 年 1 月第 1 次印刷
书　　号	ISBN　978-7-5594-6577-1
定　　价	58.00 元

江苏凤凰文艺版图书凡印刷、装订错误，可向出版社调换，联系电话 025-83280257

老鱼跳波
—— 朱永贞《江南志怪集》序

骆冬青

庄子濠上观鱼。忽然移情,似乎感到了鱼之乐。"子非鱼",惠施试图点醒他。"子非我",庄子回击曰。

但,子、鱼、我,三者却在观、审、思中连接起来。

再也分不开。

因为,庄子体验到了"变形"记。庄周梦蝶。蝶化庄周。后者是天才的一"化"——庄子谓之物化,西方人叫作异化。

物化,动物、人物,以及神物之间的相"化"。庄周喜爱水生物,喜爱水。大海与天空,都是水做的幻象。鲲化为鹏,鹏复化鲲否?《逍遥游》必是带着青春冲动的庄子创作,有一种扶摇而上的"怒而飞"的醉意。中年时,忽有灵感,蝶化周!可是,青年的鲲化鹏,再也不会化回头,继续停留在另一种玄漠无际的南冥。未知何时,庄子还悟到,相濡以沫,不如相忘于江湖。一念之间,那个在幻想中扶摇的少年鱼,息念变为老鱼。

这一念之转，需要多少生活的摔打？

八大山人笔下的鱼，带着某种冷冷的傲慢，对着世界，对着虚空，对着历史的沧桑。仍然是"变形记"。

卡夫卡的《变形记》，或与古罗马奥维德的《变形记》血脉相连。但是，精神上，却更多变形、异变，更多八大山人的冷冽、凌厉。卡夫卡以某种极致的抽象、变形，蔚成现代主义的一种精神象征。其症状，在于衰老，在于无力，在于恐惧，在于悟到了已成结构、已成机制、已成无物之阵的阵地本身的似乎无限的力量。"一切都可征服我"，卡夫卡言下的"一切"，正是八大山人笔下的老鱼拼命昂首翻白眼，却怎么也看不透的空游无所依的水立方。

朱永贞的江南水立方中，游动着的，大多是老鱼类。观鱼者，带着八大山人的冷眼、卡夫卡异化之眼，以及苍老的庄子的物化之眼。

老鱼跳波瘦蛟舞。推动着的力量，是什么？

是一种化之力。有一个古典学者，在看着饭店玻璃缸中的游鱼时，猛地想到王国维遗书中的"只欠一死"。幽默，黑色幽默。王国维与鱼。

朱永贞与鱼，也是那么互化。子非我，安知我不知鱼。这是庄子的逻辑学。但庄子以哲思观鱼，朱永贞却会以鱼观人，蝶化庄周,在这里是鱼化为人——那个老辣的家伙,是作者吗？瘦蛟？似是而非。似非而是。

于是，有了感觉的挪移：黑鱼笑了，又笑了；昂刺鱼变了；斜着眼睛看人的鳜鱼……

感觉的通灵：让狗抑郁的黑鱼，吴越两国螃蟹的旧事，墙上的鲈鱼，游荡二千多年的鳘鲦……

当然，更多的，还是鱼化人：新时代鲤鱼要办大学，鳑鲏力力上任记，鲫鱼的忏悔，乃至"一条草鱼的熏鱼梦"……

自然，也有其他的动物、人物，以及神物，入此"大化"。

这位朱永贞哟，有着某种童眸，看鱼也看人，顺带着也看其他；但是，却更有老鱼眼，翻白眼，甚至，死鱼眼。冷热交替，令人心惊肉跳。

老鱼跳波。跳荡着的有欲望、世情、老道的观审，以及童真的心。

所以，是塞壬。美人鱼，极尽诱惑，却又令人抗拒。尤利西斯令人把自己捆绑起来，却在桅杆上倾听了鬼魅般动人的音乐。

朱永贞的音乐，是乡野上的湖泊河流之声。大海上的塞壬之音，除了尤利西斯，没有人听到过。可能是自然的幻觉，是天籁；更可能，是尤利西斯的叙事，借此，慑服其他的水手。凭借的是耳朵。

但是，乡野之叙事，如水，必破界限。或曰，庄子乃小说家。他创造了"小说"一词。宋代著名学者黄震《黄氏日钞》曰："庄子以不羁之才，肆跌宕之说，创为不必有之人，设为不必有之物，造为天下必无之事，用以眇末宇宙，戏薄圣贤，走弄百出，茫无定踪，固千万世诙谐小说之祖也。"似乎以庄子提振小说，甚至以为《庄子》书皆小说也。窃以为未必。庄子还是有"大道"观的。痛心"道术将为天下裂"。

不过，《庄子》之文体，确是近于小说，近于故事，近于荒唐言，无端崖之辞。在庄子，或许根本无所谓文体。小说与大道，也是可以解构的。

此书亦然。有的似小说，有的似散文，有的似杂文……皆是老鱼的精灵所化，随物赋形，而无不可也。但最终，全书中每篇虽然不一样，却令人看到了独特的这一个。

这种独特、独有、独在，乃任何作家梦寐以求的。

跳吧！老鱼。哦，不，跳吧！老朱。

目录

黑鱼笑了，又笑了 | 001

昂刺鱼变了 | 010

老甲鱼纪事 | 015

斜着眼睛看人的鳜鱼 | 025

白鱼二代白小红 | 032

鱼史上的"黑白对话" | 040

一条草鱼的熏鱼梦 | 050

新时代鲤鱼要办大学 | 055

江南的狗鱼 | 064

鲫鱼的忏悔 | 073

河豚公子如是说 | 082

鳑鲏力力上任记 | 091

游荡二千多年的鳘鲦 | 101

打飞腮盖的鲫鱼 | 108

吴越两国螃蟹的旧事 | 116

与众不同的螃蟹 | 124

让狗抑郁的黑鱼 | 132

一只听过领导报告的盐水鸭 | 142

画龟 | 150

墙上的鲈鱼 | 159

天鹅之死 | 169

传奇老鸡的鸡生哲学 | 176

臭闭：突然消失的嗅觉 | 182

一颗不烂的西红柿 | 190

咸猪耳朵，外加啤酒 | 195

后记 | 205

黑鱼笑了，又笑了

黑鱼是一种会笑的鱼。

那是在好多年前，在我一个同学的家里，我亲眼见到黑鱼在笑。

这确是真的，我没有骗你。

那是一条中等个头的黑鱼。在我见到它的时候，它已经在一个脚桶里，伴随着恐惧不安，在难以排遣的烦躁、污浊与悲伤中，生活了大半个冬天。突然有一天，它听到有人在说，准备将其放生。哈，这真是这个冬天里唯一的好消息。因为，它，实在受够了臭脚桶的味道，受够了这几百立方厘米逼仄的空间，也受够了这泛着灰白色泡沫的脏水，更受够了时不时降临头上的死亡威胁。

在黑鱼的意识里，自己本是江河湖泊鱼界的好汉，属于河流，属于湖荡，是属于水草丰美的。它有时默想，这种日子，还不如割上一刀来得痛快。

现在，它很快就要获得自由了，游向河流湖荡，从此无拘无束，浑身轻松。

想到这里，这条黑鱼呵呵笑了。

它先是抿着嘴，下巴往前冲，上颚往后缩，露出两排细密且尖锐的牙齿，然后抬起上颚，咧开嘴，像人遇有重大喜事一般，发出"呼哧呼哧"的快乐声音。它的腮帮张开，露出了粉红色的鱼鳃，快乐的脏水从它的鳃中流进流出，略有点乐不可支。更有意思的是，它在高兴时，尾巴像狗见到熟人那样左右摆动。间或，它的尾巴也拍打污水，搞得脚桶里的污水无方向地乱溅，激发出阵阵酸臭。

它笑着笑着，开心地笑着，笑出了声。但不知怎地，我看到它的眼睛里的喜悦始终不够明亮，而那笑尽管开心，却始终处在随时可以张开、也随时可以关闭的状态，总之是谨慎而又有保留，并不彻底。也许那黑鱼想，这人不过是在开一个玩笑，也许到了半途，他会改变心意。

于是，它的笑停住了，眼神黯淡了下去。就在这时候，

说实话，虽然生在水乡，长在水乡，我也是第一次见到黑鱼笑。

它偏偏发现有个人，也就是我，不知从何时起，正端坐在旁边的小凳上，盯着它看，看着它笑。说实话，虽然生在水乡，长在水乡，我也是第一次见到黑鱼笑。我对黑鱼会笑颇感惊诧，内心充满了好奇。

兴许是自认为这笑暴露了自己的秘密，或者泄露了自己的心思，这黑鱼像刚出手就突然被抓的小偷一样，惊慌失措，面上露出诡异的神色。我认真地看着，对照人类的标准对它的神色做出判断，发现它的诡异是诧异、害怕、茫然、沮丧与尴尬的多重混合。

为了打破尴尬，我朝黑鱼做了一个调皮的表情。我模仿它，学着它，鼓起脸颊两侧的咬肌，并顶出颧骨上的两块肥肉，像见到领导那样，朝它挤出一连串象征笑意的皱褶。我还斜着嘴巴，扮了个鬼脸，调侃它，并带着真诚的嘲弄发出呼哧呼哧的声音。这下，黑鱼又笑了，笑得比刚才还灿烂。看来，这条黑鱼跑过码头，见过世面，是黑鱼中的豪杰。要知道，黑鱼在江南、在吴江东部的鱼中，算得上是有头有脸的鱼物，光它的一身装扮，沉着大气，低调得令你肃然起敬。因此，不用说，跑过码头、见过世面的黑鱼，气度更是不凡。

我已经见过黑鱼笑了，却没有见识黑鱼哈哈大笑的风采。于是，我就对那黑鱼说，你能不能不管不顾地放声大笑一回？我想象，这黑鱼虽身在囚牢，必当也能如英雄豪杰那样，视死如归，然后物我两忘，纵情大笑；或者，仰身长啸。于我心中，绝不会希望见到它满脸堆笑、谄媚奉承的样子，如果他笑成这样，那一定就不是黑鱼了。

我耐心等着，掏出一支烟，将烟在烟盒上磕了磕，然后凑到鼻子上闻闻。在摸打火机的时候，我突然听到咔嚓声，有一朵火花凑到了烟下。哦，是主人为我点着了烟。我吸了一口烟，朝脚桶里吐了个烟圈，笑着对主人说，你家这条黑鱼挺有意思，它居然会笑。我现在希望它大笑几声，正等着呢。

主人说，嚼死话，黑鱼怎会笑？看来你上了大学，书读多了，是个书蠹头了。我分辩了一句，是真的，我观察到了。听到我用了"观察"这词，而没有用乡下土话"看见"一词，主人自信且放松地哈哈大笑起来。

主人是我的同学，三年前考大学名落孙山，没有上高复班，就通过关系进了镇上的一家企业做营销。事实证明，他是一个营销方面的天才。不到三年的时间，他已经在西北开创出了一片天地。吃多了西北的牛羊肉,与西晋时候莘塔的张季鹰"鲈鱼堪脍"一样,他特别想念家乡的鱼虾,所以这次春节回乡,特地跑去渔业村,买了好多黑鱼与鲫鱼,养在同一个脚桶里,时不时地杀上一两条品味。

见他不信我的话,我有点来火。我说,你的这条黑鱼不光会笑,眼睛还会说话。年前你一共买了八条黑鱼,还买了八条鲫鱼,都养在脚桶里。各买八条,是跟广东人学的,讨个吉利。吃到现在,如今就剩下它了。我说的对不对?第一次,你搞了个黑鱼烧汤。第二次,你将黑鱼切片,用雪菜炒来吃。第三次,你清蒸黑鱼,肉批出花来还夹上火腿片,洒上了香菇丁与野葱末。第四次,你搞了个黑鱼炖老豆腐,满屋飘香……说着说着,我发觉同学的脸色越来越白,越来越难看。

他结结巴巴地问,你爬在我们家围墙上看的?我指着黑鱼回答道,我怎么可能爬到你家围墙上,喏,就是这条黑鱼,它用眼睛告诉我的。你每回从脚桶里抄鱼的时候,所有的黑鱼都在生与死的边缘,每一条黑鱼都在胆颤心惊。死神降临,恐惧如同阴影笼罩,八分之一、七分之一、六分之一的概率……满屋飘香，于你实在是一种享受，于鱼却是一种生死的煎熬！命悬一线的日子，让那些继续活下去的黑鱼都在思考，你大手一挥的方向，就是生与死的差别啊。尽管活着也是苟且。但是，到今天，对于这条黑鱼来说，它已经没有了选择，死亡就是百分之百，就是唯一的方向。

我抽了一口烟，继续说。因此，当它听到你在说，准备将其放生，心中的喜悦就如滔滔河水，难以自抑。现在你应该相信黑鱼会笑了吧！

在我说完这话的时候，我看了看黑鱼，发觉黑鱼居然露出了一脸的谄媚相，一副讨好的表情。即便刚强如黑鱼者，也会在生死选择的当口表现出如此卑微的模样，这使我大吃一惊，心中不免生出百味。况且，我不过是卖了个噱头，玩了个嘴皮而已。

哦！同学告诉我，他买鱼的那一刻，心中曾经生出一个奇怪的念头：每次捞鱼都要随机，要将吃到最后的那条黑鱼放生，留他一条活路。为此，他心里还暗暗地发了誓。他说，不知道为什么，我每次捞鱼就像恶作剧，而抓过鱼后，那个念头就强烈一次。

同学要留我吃饭，我拒绝了。我心想，如果他把这个念头告诉这些鱼，对那些鱼来说无疑是一种折磨，戾气横生也是必然的结果。混混沌沌，有时候未必不是一件好事。后来我想，我留下来吃饭，这黑鱼的命运就能预测到了。果然，临走的时候，同学对我说，既然你不留下来吃饭，那这黑鱼就交给你处理吧。我说行，不过为了你的誓言，我帮你去放生。

我和他走到河边，将黑鱼连同污水一起倒入河中。只见那黑鱼入河，先是抖了抖身子，然后昂首向上，随即猛然下沉。其后它甩了一下尾巴，激打出一些细小的浪花，快速隐入河水深处。身影之快，还如侠者。

那一刻，正好河中有轮船驶过，一声汽笛，盖过了我俩的唏嘘。

昂刺鱼变了

小时候杀鱼,见过很多鱼的眼神。

杀鲫鱼时,你会发现,无论你的头转向何处,它的眼神始终绕着你转,一副可怜、可疼、无辜的模样。

黑鱼与鳜鱼一样,生性刚强,吞杀小鱼小虾无数,所以眼睛里有一种视死如归的不屈,甚至还带着一种挑战人类"恃强凌弱"的意味。

其他的鱼,如鳌鲦、鳑鲏、鲢鱼、草鱼等等,遇到被杀,则表现为彻底的漠然,眼神空洞、昏沉,沉默失语,无所期待,仿佛就在等着一刀与一掐的痛快。

唯有一种鱼,你杀它时,它不停地发出"嘎格嘎格"的声音。你斩它的鱼刺,它"嘎格嘎格";你剪它的须与鳍,它"嘎格嘎格";你剖它的肚子,它还是"嘎格嘎格";甚至你扯出它的肚肠,它依然"嘎格嘎格"。直到你挖出它的鳃,它才没法子再说"嘎格嘎格"。但是,它还在说,只不过发不出声音,因为它的嘴巴一直在张合,俨然一副"嘎格嘎格"的模样。

"嘎格嘎格",用吴江东部一带乡民的话翻译,意思就是"好的好的"。因为这个谐音,所以东部的乡民都把这种鱼称为哦呆鱼。"哦",可能是表示感叹。"呆",读ái,意思自然是痴呆、愚笨。你看,人要杀它,它居然还要说好的好的,不是痴呆,那是什么!也所以,东部的乡民在杀鱼的时候,边杀边嘲笑它,丝毫瞧不见它眼睛里面的东西。

但是,这被杀却还要说"嘎格嘎格",丝毫不会反抗,甚至连眼神都不敢直视、蔑视人,怀着一腔无奈走向餐桌的鱼,却拥有一个不太常见、有点高大上的名字:黄颡。颡,额头。黄颡,指的是有着黄色额头的鱼。在某个场合,如饭店,你若文绉绉地说,我点个黄颡烧豆腐,那服务员肯定不知道你说的这是什么鱼,她一定以为这是一种稀有的鱼,抑或是什么名贵的鱼。及至看了图片,她方才恍然大悟,这不就是哦呆鱼嘛!

我初到南京，第一次听人说这鱼叫昂刺鱼，并且知道这名字怎么写的时候，大吃一惊，才发觉这鱼除了学名黄颡以外，还有这样的叫法。昂刺、昂刺，鱼刺昂扬，如同欧洲中世纪的武士挺剑、日本的忍者拔刀、中国不经打的各大门派作势，都给人一种此鱼能够勇敢战斗的印象。然而，我仔细观察过这种"昂刺鱼"，它与我老家的哦呆鱼没有什么两样，从形状到肤色，黄色的额头、黄中带黑的身体，三根大刺，四对胡须，黑眼珠周遭一圈白，没有鱼鳞，浑身滑腻腻的，各种体征无不相同。总之，我在家乡时候积累下来对这种鱼的印象，与在南京见到这种鱼的初感区别不大。那么，为什么南京这边的人要给它起这个完全不同于吴江的鱼名，赋予它一种昂扬向上的精神形象？

难道，昂刺鱼真有那么一种昂扬向上的内在，而这种内在却是吾等乡下的凡夫俗子所不熟悉的？难道，杀鱼时你听到的"嘎格嘎格"，在南京人的耳朵里是慷慨激昂的演讲，是引头一快的悲歌？难道，地方文化的差异，对应到哦呆鱼身上，也会产生这么大的差异？

今年初，我家乡有一个领导来南京，这位生于吴江、长于吴江、熟悉吴江的领导，对家乡无比热爱。我们两个人聊天聊地，聊人生聊发展，聊过去聊现在，无所不聊。不知道为什么，我们居然聊到了昂刺鱼。我问他，你是领导，又生长在水乡，你知道什么鱼叫法最多？

那领导认真地沉思了好一会儿，又呷了一口茶，还旁顾左右，最后，他只得诚恳地说，惭愧，惭愧，我还真不知道。哥，你指点迷津！

见他谦虚，并且不是自诩无所不知，我就说，好。你看，天底之下，谁听说过哪一种鱼会像昂刺鱼那样，拥有如此之多的名字！以吴江为例，东部与西部叫法就大不相同。吴江周边，又各个不同。整个苏南，叫法估计有几十种，苏北更是如此。而再往北，往西，往南，山东、安徽、湖北、湖南、江西、浙江、福建，远至四川、云南、贵州、广西，昂刺鱼的名字多得数不胜数。据不完全统计，黄颡之俗名，总数不下于六七百个，黄腊丁、昂公鱼、黄骨鱼、黄丫头、黄沙古、翁公鱼、吱戈艾、黄刺公、戈雅鱼、黄腊丁、嘎牙子、黄鳍鱼、黄刺骨、黄牙鲠、黄嘎牙，等等。尽管名多，但黄皮，黑眼，滑腻，肤色略带灰黑，刺儿有锯齿，"嘎格嘎格"声，温柔善良，典型的中国鱼儿，它从未变过！

领导喝了一口茶，又喝了一口茶，站起身来，扫描左右，说，哈哈，今晚有酒喝？我说，抱歉，没有。如果想喝酒，你得说点新鲜的。

领导说，好！那我来告诉你，哦呆鱼现在变化大了。现在的哦呆鱼英俊潇洒，目如圆月，须如美髯，肤色虽黄，但无不涂脂抹粉，在水中穿越，如同明星网红，尤其是出口成章，逻辑自洽，永远正确，无不应声如雷！更为遗憾的是，如今杀哦呆鱼，它尾巴直甩，如同抗议，它眼睛里面也常飞出不满，根本没有眼泪与清水鼻涕。而且最最重要的是，恐怕你杀鱼时，再也听不到"嘎格嘎格"的声音。

为了求证领导的说法，我当即打了个电话给汤海山先生。海山先生读书无数，学问渊博，精通文艺，尤擅乡野趣闻。他沉吟半晌，说，好像是的，现在的哦呆鱼，你杀它，它都不会叫"嘎格嘎格"了。

当天晚上，我请此领导喝酒，酒是凤凰和鸣，菜是家常菜，其中就有一个菜是昂刺鱼烧豆腐，味道极其鲜美。

老甲鱼纪事

老甲鱼咬人，至死也不会松口。

如果你不幸被甲鱼咬上，那你的痛苦就开始了。它会咬着你，中间不带一点松懈。

吴江东部莘塔的乡下人说，老甲鱼咬人，一般咬手指，初始感觉基本上在轻咬与含着之间，有点疼，有点痒，似有若无，仅此而已。饶是如此，你千万不要掉以轻心，以为可以轻而易举地甩掉这个宝货。它的反应比你还快，还敏捷，在你即将甩脱它的一瞬间，它将牙插进你的指肉中，越咬越紧，越咬越深。不用说，当场就有一种疼痛从你的指尖跳进心脏，并进入你的脑海。

此后，由于失去了它的信任，老甲鱼的嘴与牙会交叉锁紧并固定。你若再挣扎，再甩动，或采取其它更为激烈的措施,那么它会咬得你呲牙咧嘴,痛不欲生。此时,明智之举是,你不动,放松,装作满不在乎,眼神透露出大量友善的信息,让它感觉这从头至尾就是一场误会,那么它也会表现出一定程度的温和,适度还会松一点牙,让你体验到疼痛之外,有点儿麻痒。

有一种说法是,被老甲鱼咬到,要等月亮爬上树梢,它才会松口,这是因为,甲鱼最听月亮的话,老甲鱼望见月亮,便会忘了一切,松开口,翘起头,样子如同一个虔诚拜佛的信徒。倘若是月底,没有月亮,那就苦了,你总不可能到天上去挂一个月亮吧。

当然,也有莽汉随口说,我一刀砍了它的头,不就行了!呵呵,你拿刀试试!常规的认识是,将老甲鱼的头砍了,让它身首分离,以为它吃痛,或是失去意识,便会松口。但我告诉你,这是不可能的,你要犯大错。砍下的老甲鱼头,尚且还会从桌上跳起来咬住人的手指头,更何况它已经咬着你了。你斩了它的头,它必定圆睁着双眼,将颈部的肌肉与骨骼统统收缩,集中力量于牙齿。这一切迫使你在剧疼中明白:老甲鱼就是老甲鱼,非同一般的鱼,它并不因为失去生命而放松对敌手的攻击。

失去生命的老甲鱼的意识,是一种神奇。这种意识直到它越咬越紧、咬烂你的手指头时仿佛还存在。那时,即使是月亮出来,它圆睁着的双眼,也无法感知月光对它的伟大指示。所以,一般人是不会轻易用死来威胁咬着你手指头的老甲鱼的。

我小时候有一个赤卵弟兄,名叫爱根,年龄比我大几个月,上面有五个哥哥。他父亲读过私塾,有点儿文化,以"仁义礼智信"分别给五个儿子取名,名的后缀当然都是根。到了他,因为"仁义礼智信"用光了,就不知道怎么给他起名。当时,农村生活太苦,日子艰难,爱是一种稀缺品,于是他父亲就给他起名爱根。爱根与我一起长大,我俩是很好的朋友,常在一起玩耍。我们放牛割草,在田间奔跑,在南白荡里捉鱼捕虾,摸螃蟹与掏黄鳝。那时候,尽管甲鱼并不入列乡下正式招待客人的菜单中,但有关甲鱼大补的知识却已是人尽皆知,因此,甲鱼已经十分少见。

我那时缺心眼,手又笨,所以爱根常常取笑我。由于名中有个爱字,爱根喜欢关心人,在取笑我的同时,也会用生产队长的口吻关切地对我说，唉，像你这样，将来只能拿最低工分，连老婆孩子也养不活。有时候，他也会模仿他四哥智根的口气对我说，你这个样子哦，今后可怎么办！听他说多了，我就会不耐烦，会怼他，有本事，你就去捉只甲鱼给我看看！

捉甲鱼难，被咬住了摆脱难，这算是给爱根出了个双重难题。爱根问，捉只甲鱼？我点点头。后来，爱根还真捉到了甲鱼，不是一只，而是两只。不仅如此，他居然成为我们村第一个捉到甲鱼又同时被甲鱼咬到的人。

那一天，我们一起去南白荡边的芦苇丛中玩。这种芦苇不同于一般的芦苇，要比现在见到的芦苇更为粗壮，更为密集，是生产队用来编席的主要材料。芦苇丛中的收获，最意外的惊喜，可能是小鸟生下的一窝蛋，也可能发现一群蛇，等等。爱根一头钻进了芦苇丛，而我则在堤岸上望着正在消失的南白荡发呆。我在想，没有了南白荡，我们怎么办。约摸过了半个小时，爱根从芦苇丛里钻了出来，左手一只老甲鱼，右手一只小甲鱼。老甲鱼大概四五斤重，腹部灰白相间，甲壳则是深深的青黑色，看上去活了很多年头。他用左手食指与无名指掐住大甲鱼两个后腿的凹处，大拇指则按在背壳上。小甲鱼呢，六七两重，挂在他右手的食指上。不，准确地说，是小甲鱼咬住他的右手食指，吊着，并不停晃荡着。爱根说，小甲鱼是趁他捉老甲鱼时不注意，一口咬住他的手指头的。

那一晚，他们一大家子分享了老甲鱼，父亲吃头，母亲吃背，仁义礼智四根各一条腿，信根与爱根吃了裙边。此刻，所有人都觉得甲鱼之味美，软嫩之中带点粘腻，如同鸭肉与青鱼同嚼。更美的是，剩下的红汤与散肉，浇在滚烫的白米饭上，激发出一屋子白米饭的香糯。快吃完饭的时候，父亲将甲鱼背壳掰开，挑出一条白色髓经，哧溜吸进嘴里。父亲还将甲鱼的一根弯弯的肋骨当作牙签，心满意足地剔起牙。那一刻，小甲鱼咬着爱根的食指头，趴在八仙桌上，睁大眼睛，惊恐地看着他们把自己的母亲一口一口吃进肚子里。

关于小甲鱼，必须要补充几句。爱根首先是坚决拒绝了大哥的建议，反对一刀将小甲鱼斩首，他心想，六七两重的甲鱼，杀了吃，轮到他也没有多少。再说，小甲鱼咬得不疼，不必拼得你死我活。最重要的是，甲鱼咬人死不松口，像是一道符咒，压在爱根的心头，他犯不着去赌上一根手指头。当天晚上，没有月亮，爱根早早地睡了，小甲鱼趴在一旁也睡着了，挺有意思的是，小甲鱼的小鼻孔还发出嘘嘘的鼾声，听来无比美好。半夜，小甲鱼松了口，在吃了蚊帐中的两只蚊子后，消失了。

第二天，全家人都问爱根，小甲鱼呢？不是死不松口？爱根说，我也不知道啊，可能是半夜里跑掉了吧！

爱根的母亲拉过爱根的右手，半带可惜、半带幸运地说，还好，还好，没伤到手，要是被老甲鱼咬到，那就惨了。话未讲完，他父亲不失时机地补充道，要是被咬过人的老甲鱼咬到，更要惨上十倍。他说这话，意味深长，有可能是惋惜小甲鱼的成功逃离。当然，他极可能是说老甲鱼富有智慧，又有咬过人的经验，知道不必轻易逃离，死磕到底才是成功王道！因为，就在它松了口、准备逃窜的时候，人与老甲鱼的地位瞬间转换，只需一秒钟，老甲鱼也许就被翻身，朝天而动弹不得。

老甲鱼的眼睛小，藏在眼泡里，据说能从任何一个角度看清你。很多个被老甲鱼咬过的人，都曾经绘声绘色地说，

老甲鱼的眼睛小,藏在眼泡里,据说能从任何一个角度看清你。

它的嘴咬着你的手指，眼睛却看着你，露出认真与嬉皮笑脸的神情，让你摸不透它的心思。一批有点文化的人，后来从中总结一些有意思的东西，他们一致同意，把见过世面，水火不侵，谁都不得罪，谁也不能得罪，捏住你的痛处，但把轻重缓急拿捏得恰到好处，眼睛骨碌碌转的人，幽默地统称为"老甲鱼"。

这种老甲鱼，据说很是美味，加上姜葱蒜醋，再加上料酒，斩成块红烧或整只清蒸，吃上去都会刷新你对美食的记忆。如果配上旧时只长在坟头上的小野葱炒，那味道简直不能言喻。

有关老甲鱼，我还要补充说一点，它的鲜血还能制成一味中药。生石灰混入甲鱼血，是民间的一种特效消炎药，我小时候亲见祖母如此做过。她先用筷子逗老甲鱼，利用老甲鱼死不松口的特点，将它的头拉出来，然后一刀下去，让它身首分离。老甲鱼兀自咬紧筷子，完全看不到自己的血从胸腔里喷涌而出。血遇到生石灰，当即发生反应，于是，有一股热气蒸腾而上，腥味弥漫。祖母将其混合拌匀，并揉成鸡蛋大一个团，放在柜子里备用。谁割草伤手指，或是赤脚被河蚌划破，都来求助。那时，我会见到祖母取出那个团，用剪刀从上面刮一点粉下来，敷在那人的伤口上。说实在的，此药确实神奇，伤口渗血立止，自动粘结。

一般来说，伤口第二天结痂，三四天后复原，光滑如同从前。

药效的神奇，不必质疑。我想，一定与老甲鱼的血有密切关系。

斜着眼睛看人的鳜鱼

鳜鱼是我知道的唯一斜着眼睛看人的鱼。它那看人的神色，黑里翻出一丝白，斜着，像极了我上小学时候村支书儿子睥睨小伙伴的模样：彻底轻蔑，不屑一顾，从心上将你看低，并且还没有任何废话。

与黑鱼一样，鳜鱼靠吃小鱼小虾为生，所以一般人都觉得它斜着眼睛看人，目光中有一种凌厉果断，是杀性使然。准确地说，鳜鱼的眼神，黑里翻出一丝白，黑下压而不下，白向上却斜飞，黑是邪亮的，白是寒青的；无论黑，还是白，或是黑白互衬，都恰到好处地表达了这种杀性。鳜鱼的眼神凶残冷漠，略带孤独，蓄势待发，目光之所及，小鱼小虾无不觳觫，即使是人，被斜到一眼，心中也是生寒发虚。

我小时候在家乡的河流中被这种眼神伤过，至今记忆深刻。后来由于经过官场的历练，终于知道它斜着眼睛看人的底气所在。

那时候鱼米之乡的吴江农村，穷得让人只有寻找比自己更穷的人才能觅到生活下去的勇气。村庄田地里只有少量的树，河岸与田埂光秃秃的。虽说一年种三季作物，但绝大多数农民吃不饱，更谈不上吃好。鸡、鸭、鹅、蛋、猪肉、鱼之类，一年也难得吃上几回。养鸡养猪养鸭养鹅，受到一定程度的来自主义的限制。只有过年的时候，食物相对丰富些，因此孩子们期盼着过年，这种期盼甚至从一过完新年就开始了。而在这个漫长的等待过程中，我最喜欢的是仲春到秋初这一段，我可以跳进龙泾江，跃入南白荡，捕鱼摸虾捉蟹，借此稍稍改善一下生活的质量。生活在龙泾江、南白荡中的鱼虾蟹有很多种，常见的鱼是鳌鲦、鲢鱼、鲫鱼、鲤鱼、昂刺之类，像白鱼、河鳗、菜花鱼、鳜鱼之类的则相对要少。当然，这些鱼我都捉到过。捉到鳜鱼的机会少，唯一的那一次令我至今刻骨铭心。当时，我没入水中，睁开眼睛，双手从乱石缝中包抄过去，先是右手抓住了尾巴，待到它反应过来，才赶紧用左手去按鱼头。在那一刻，我见到鳜鱼乜斜着

鳜鱼斜着眼睛看人,其实是因为它还拥有一种与生俱来的毒。

眼看我。由于用力过猛，我左手无名指不小心按压在鳜鱼背上的刺上。当即，有一阵剧痛，从手指传向心脏，传到大脑。

我逮到了这条鳜鱼，两斤多重，尽管我掐着它的两侧鳃帮，但它依然匕斜着眼睛看我，有一种凛然射向我。我走上岸，将鱼送回家。我至今不知道这条鳜鱼是红烧还是清蒸的。那天晚上，我们家六口人，五口人吃得开心快乐，因为我躺在床上，发起了寒热，无名指上的疼痛有节律地带动心脏超常跳动，并且带动头上的青筋也超常规地伸缩，那感觉真是非常难受，生不如死。河豚有毒，我自小就明白，但鳜鱼背上那一排张开的十几根刺有毒，却没有人说起过。整整三天过后，我的心跳与青筋才逐渐恢复正常，但记忆永恒留存。

从此，我知道，除了杀性之外，鳜鱼斜着眼睛看人，其实是因为它还拥有一种与生俱来的毒。

我吃过很多鱼，吴江老家的鱼基本都品尝过，每一种鱼都有自己的味道，细嫩鲜美，各个不同。比较味道、口感与分量，我认为鳜鱼算是最为上等的。昂刺、河鳗之类，滑腻，需要上等的烹调功夫，否则滑腻很容易成为明显的不足。鲢子鱼、鲫鱼、鲤鱼等常见，肉质相较逊于白鱼、菜花鱼与鳜鱼。清蒸白鱼、菜花鱼炖蛋都是吴江的乡野名菜，鳜鱼无论清蒸、红烧，还是松鼠鳜鱼，都是可上宴席层次的美味，更加一等。尽管如此，我更喜欢吃白鱼和菜花鱼，因为我看到鳜鱼上桌，内心当即惶恐，左手无名指就会有跳疼的反应，瞬间带来心脏、大脑超常跳动，记忆深处还会泛起阵阵涟漪。时间过去几十年，鳜鱼斜眼看我的神色，犹如神性一般种在了我的心中。

顺便说一句，我有一次去一家饭店吃饭，在水箱中见到养在一起的六七条鳜鱼。水箱中的水混浊不堪，这显然不是鳜鱼喜欢的水，也不是鳜鱼喜欢的环境。这六七条鳜鱼仿佛老僧入定，面朝着来宾漂浮着，十几只眼睛，没有神采，也没有锋芒，空洞得不像是在看人。那一刻，我有点冲动，很想看看它斜着眼睛看人的模样，那种风采。我敲了敲水箱，鱼儿不理我，没有任何反应。

那晚上我点了一条清蒸鳜鱼。鱼上桌的时候，我的左手无名指居然毫无反应，我摸了摸胸口，心跳正常，摸了摸脑袋，青筋不凸。再瞧那鱼的两只眼睛，弹出眼窝，雪白圆整，如同两粒珍珠。

我不紧不慢地吃了两粒鱼眼珠,还吮了十几根鱼翅,也就是鱼刺,一个人喃喃自语。

白鱼二代白小红

龙在前,白小红居后。

白小红是一条白鱼的名字。

紧随其后的,是成千上万、挤挤挨挨的白鱼。

来自南白荡及周边江河湖荡的白鱼,齐集一堂,是为了参加一年一度的白鱼大会暨马拉松赛。这是白鱼政治生活及体育运动的一件盛事。

大会一般是在清明之后召开。那时春风拂柳,水气清亮,南白荡周围一派吉庆祥和,节日气氛迎风飘扬。于是,白鱼就会挑选一个特别的日子召开白鱼大会,总结过往,展望未来,布置落实年度工作任务。

按惯例,大会结束后,旋即举办白鱼马拉松赛。

白鱼大会乏善可陈,马拉松比赛却是精彩纷呈。马拉松比赛时，一般来说，天空乌黑，云层翻卷，不见一点星光。而当所有白鱼整队完毕，远处就会准时传来隆隆雷声，并且准时落下稀疏的雨点。所有的白鱼都知道，这雷声和雨点就是序曲，标志着比赛即将拉开帷幕。

现在，白鱼们静静等待，等待那夜空中劈下的一道闪电。

那闪电贯通天地，从空中打到湖面，落在龙之角上，如同发令枪响，也像冲锋号吹起，马拉松赛正式开始（比赛详细情形参见拙著《南白》之《鱼阵》篇）。

尽管雷声震天，但盖不住那数不尽白鱼奋勇向前的呼喊。

在闪电折而向下的一瞬间，白小红紧随矫龙，摆头甩尾，迅捷向前。

这样矫健的身姿，只配我家乡南白荡白鱼白金家族的成员才有。

这个白金家族的白鱼，除了鱼鳍与肩背呈青灰色外，浑身上下覆盖着白色的鳞片，银光闪闪，它们在水中极速掠过，其迅捷与闪电劈开夜空无异。由于这个家族的白鱼身材瘦削颀长，眼珠子乌黑，嘴唇上翘，稍带一点斜撇，再加上具有游动天赋，因此显得清高孤傲，气质自是与众大不同。

然而真正与众不同的,却是白鱼白小红。它靠近尾巴的两侧,各有一大块红色的斑纹,鲜艳夺目。有意思的是,这两块红斑上接鱼背,在下则通过小腹部相连,让白小红看上去像是穿了条红裤衩。

正因有了这个标志,所以江湖上的鱼们都称它为白小红,绰号红裤衩白小红。

白小红最早困惑于这条红裤衩存在,是在其他鱼的眼神里。那时,南白荡里的青鱼、草鱼、鲢鱼、鳙鱼、鳊鱼、鲂鲅、鳌鲦、昂刺鱼,等等,甚至黑鱼与甲鱼,都用异样的眼光看着它,窃议纷纷。白金家族的小白鱼生就一条红裤衩,这样的变化,寓示着白鱼社会怎样的发展?鱼中专家认为,作为白金家族的白鱼,也并非不会改变颜色,即便是最顽强的贵族基因,也会有突变之各种可能!当然,这也不排除一定程度的返祖。

照例说,白小红应该是能读懂它们的眼神的,但不知为何,这件事的本身就很复杂。因此它在水中很困惑,无论缓缓漂移还是捷行,都不能让其获得答案。它明白,眼神这玩意儿,复杂在于它不一定反映真实心理。好多鱼眼已经收拾起这样简单粗暴的展示，在它们的眼睛里，白小红早已读不出真诚。于是，白小红对跟班小激浪鱼说，它们，这些鱼儿到底想表达什么？

小激浪鱼生性朴讷，不会拐弯，只好直通通地回答，我想，它们一定是在说你的小红裤衩。作为高贵的白金家族的成员，它们能拿出来说的，除了小红裤衩这一点事儿，还能说你什么呢？

激浪鱼游得快，喜欢逆流而上，属于鱼中运动健将。但与白鱼比起来，激浪鱼之游速要逊色不少。也正是因为这个原因，激浪鱼一直羡慕白鱼。当然，这条小激浪成为小红的跟班，除了族性积淀之外，还有膜拜白小红红裤衩之鲜艳这一原因！因为，比起这种纯真的红色，激浪鱼自己的红色实在寡淡，隐约若粉，根本谈不上什么。

白小红自然不满意小激浪鱼的回答，于是就去找它的妈妈。妈妈，为什么我的几个哥哥浑身都是银白色，而我却要镶上个红围裙？白小红并不想说红裤衩，应急说了个红围裙，似乎红围裙比红裤衩高雅好多。它委屈地诉说，妈妈，你不知道，这些鱼看我的眼神有多怪，真让我受不了。

白鱼界不知道有上帝的存在，因此妈妈不会拿上帝来骗儿子，说这个红围裙是上帝赐予它的与众不同，那是骗人的。但白小红的妈妈更像是一个"历史学家"，继承捍卫了传统，并且弘扬了传统。它妈妈说，小红，你固然与你的几个哥哥不同，也不及它们读书勤奋、工作认真，但是，你比它们都要聪明，懂得机巧。在很多很多年前，你的祖上，爷爷的爷爷的爷爷，据说也长了你这么一个红裤权，不，是红围裙。高太爷爷聪明绝顶，大智大勇。有一回它误入渔民网中，居然能够顺利脱险，平安归来，堪称传奇。这是我们家族的荣光，经典的历史记忆。要知道，我们白鱼出水即死，不是缺氧牺牲，也会自闭命门而亡。入渔民之网，出了水，还能平安归来，岂是凡鱼俗子所能比的，又岂是凡鱼俗子所能理解的！不是所有的白鱼都有红围裙，否则我们就不会被称为白鱼了。

白妈妈最后语重心长地说，孩子，现在你明白了吧，你与众不同！

白小红似懂非懂，一脸茫然。这让当妈妈的忧心忡忡。白小红的妈妈去找丈夫。它丈夫说，这事简单，我来安排。

于是，在当年的白鱼马拉松赛上，白小红被安排在龙之后，并且在前有标兵、后有追兵的情况下，第一个冲到终点（龙的成绩不计入名次），荣获南白荡地区白鱼马拉松冠军。尽管比赛规定，白鱼逾龙属于犯规，触犯龙颜过甚者有可能获罪，但白小红还是以其实力让人相信，除了天生红围裙与众不同外，它还有白金家族超强的游动能力。

白小红的第二个与众不同之处，其实在内心，自从它父亲安排去沉菜荡挂职后，它就心系天下万鱼。那一年，南白荡即将被围，白小红与小激浪鱼见到岸上红旗招展，人声鼎沸，发现事有异常，后来通过调查研究，及时发觉人类即将要对它们生活的南白荡下手，准备将其抽干，改造为湖田。危险当头，两鱼于是分头发出预警提示，顺利为南白荡的那些鱼儿流浪他乡争取了时间。

遗憾的是，南白荡合围的前天晚上，白小红听激浪鱼说，大柳树下的老黑鱼不相信南白荡会被围，不愿远涉他乡，于是一同前往劝说。两鱼轮番上阵，但老黑鱼丝毫无动于衷。最后，老黑鱼说，我听老甲鱼讲，南白荡被围是你们臆想出来的故事，目的是吸引它鱼眼球。你们喜欢出风头，那就随你们的便。再说，我这年纪也大了，腿脚不便，老柳树下是俺家乡,是俺埋骨所在,我不会走的。最后,黑鱼逐客,废话不讲,你们赶紧走吧!

白小红与激浪鱼被迫撤退,游到了龙口的时候,忽然听到了一阵阵鞭炮声,方知道人民群众为了献礼,抢工期,所以把合龙的时间提前了。

此后,白小红的去向不明,也即生死不明。据跟随它一起去劝说老黑鱼的激浪鱼说,当时坝两侧泥落如雨,在龙口合龙的一瞬间自己与白小红逆流而上,正在吃力穿水时仿佛有人推了它一把,让它如离弦之箭,进入了西岑荡。激浪鱼激动地说,是白小红牺牲自己救了它。因此,激浪鱼用余生一直在宣传白小红的光辉事迹。

有阴谋论者认为,白小红是上了老黑鱼的当。白鱼出水即亡,这一点老黑鱼心知肚明。而老黑鱼可以脱水爬行,越坝迁徙,行动不谓不自由。那天老黑鱼故意拖延时间,目的就是为了陷害白小红,让白鱼白金家族惨遭损失。

也有乐观派认为,以白小红的天资,一定是进入西边小河浜,蛰伏一年后顺利进入龙泾江,再向北经周庄进入了澄湖,堪称胜利大逃亡。澄湖比南白荡大好多,再也不会有围湖造田、抽干湖水的可能。天高任鸟飞，湖大凭鱼跃。只是，南白荡这个回不了的家乡，从此不在白小红的梦中出现。

　　传奇派认为，白小红困在南白荡，最终荡底抽干，英雄失了用武之地，白小红自然毫无悬念地被村民所捉。但是，不知为何，白小红最后被放在粪桶里放生。粪桶装水时味道尽管不好，但终究也是活命的工具。因此，在白小红续写家族传奇的过程中，又多了一段特别的材料，让传奇更富有神秘色彩。唯一让人不解的是，当时村人家无余粮，极少有肉食，为何还要选择放生白小红，难道他们的祖上，也有一段放生过穿着红裤衩白鱼的经历？

鱼史上的"黑白对话"

很多年前,在鱼界,一条年老的黑鱼和一条年轻的白鱼,曾在南白荡大柳树下,有过一次经典对话,史称"黑白对话"。

那一天,大柳树下,老黑鱼在荫水中漫步,状如一位思想者。

这时,年轻的白鱼从大柳树外侧经过,老远就大喊一声:老黑先生,吾见你终日徘徊于大柳树底下的局促之地,貌似智者坐禅,不就是图点小鱼小虾!为何不到南白荡的碧水、清波、激流中,畅游一番?康茫(come on),来吧!

老黑鱼闻言不语,似有如无地瞥上一眼,随即轻闭双眼,有如禅定。

年轻的白鱼心有不甘,又高声说道,大柳树下虽有浓荫,但水浊泥腥相随,终究不如碧水清波那样令鱼神清气爽。逐

很多年前，一条年老的黑鱼和一条年轻的白鱼，曾在南白荡大柳树下，有过一次经典对话……

浪其间，歌颂鱼的世界，激扬鱼的时代，方不愧来世间做一辈子的鱼！

老黑鱼转过身去，留给年轻的白鱼一个黑黑的背影，以及不停轻轻扇动的尾鳍。

年轻的白鱼顿感巨大失落，好像吵架找不到对手一样。于是，它又大声叫道：老黑鱼先生，在南白荡中央，流淌着一股来自太湖的壮阔急流，那里边混合着来自高淳、溧阳、宜兴、长兴山中树木竹根的气息，百花的芳香，特别是溪流两岸幽兰的清芬。这些远山的美妙信息，恰似珍贵礼物，难道对您来说不是一种召唤，一种向往？

老黑鱼突然回转身子，双目放光，它正了正神色，淡淡地说，年轻的白鱼先生，你刚才的语气，尤其是一句老黑鱼先生，挟着尔辈白金家族何等逼人的荣耀。

老黑鱼接着说：

自古以来，南白荡生活着很多鱼，南白荡就是所有这些鱼们的家乡。但很显然，并不是所有的鱼都可以或者说有资格，到南白荡的急流中逐浪飞花。南白荡的历史上，就很少有篇章写过吾们黑鱼，更不用说，让吾们黑鱼来书写南白荡的历史。

据我看来，南白荡的历史，是尔等白鱼、鲤鱼等少数鱼的历史。其他的鱼，不是点缀，就是铺垫。就以黑鱼为例，吾们只能混杂在清浊交界的背景之中，既成为不了亮色，更进入不了尔等白鱼的视野。

相反，黑鱼的历史，本质上就是一本菜谱，就是一部南白荡周边乡村的饮食史。在村民的口水中、记忆里，黑鱼时时出现。吾们被切片与雪菜爆炒，与豆腐一起烧汤，被赤油重酱地红烧，与酸菜一起煮，甚至葱烤……

年轻的白鱼听了，当即神色稍敛：黑鱼先生，请道其详！

老黑鱼一动不动，炯炯直视年轻的白鱼，缓缓说道：

上帝赋予尔等白鱼，出身华贵，肚腹洁白，白金家族标配。自水底向上看，身与清水、白日混同一色，不着痕迹；而从空中向水底看，背色又与清水高度一致。况且，上帝还赋予尔等瘦削体形，一代代皆健将模样，无一个不可去南白荡中游击水。你们在水中掠过，捷如闪电，翩如惊鸿，南可遨游三白荡，西可去巡太湖，北可去逛蚬湖、澄湖，而向东，则可挥鳍元荡、淀山湖。再往前行，即是星辰大海，终极之地。

湖大河长，水流涛涛，非惊人目力，不能发现尔等身影。因此，尔等白鱼，到中游逐浪，姿意湖海，激扬鱼生，挥洒豪情，当真是闲庭信步，无比从容美好。

当然，尔等白鱼也不可能永远一帆风顺，也会遇上点风险，甚而至于危机。譬如说贪婪引发众怒，譬如说明争暗斗，再譬如说江湖内讧……或许，还有来自外界更大的劫难，如遇超级渔夫，目力超群，判断不凡，察觉尔等生活习性、水中游迹，即用鱼叉瞄准，用渔网围捕，让尔等成为美食也属可能。尽其如此，只要尔等不托大，不显摆，不嘴硬，不吹牛，终究可以低头滑身，或者跳跃而过，从而渡过险境。呵呵，这样的风险，对尔等鱼生来说，不过是多了一道经历，添了一番资历而已！

但，吾们黑鱼则不然，通体黑色，体态臃肿，黑乎乎一大坨，到清水之中去凑热闹，目标之大，渔人虽在百米之外，必一目了然。那时，鱼叉必然凌空而至，所谓激扬鱼生，实是烹煮余生，其灾殃必大矣！

生活在岸上的古哲人云，水至清则无鱼，固然说的是深奥道理，但又未尝不是说浅显的现象。如果水太清，则鱼藏不住；黑鱼尤甚。因此，尔白金鱼族喊着冠冕堂皇之口号，以崇高之宣传，鼓动吾们黑鱼去清水碧波中体验时代，感受诗与远方，这不是美好的期许，而是把吾们直接推到危境中矣！

倘若吾们黑鱼受尔等影响，丢失自知之明，忘却平和生活，以久居浊水腥泥为耻，贸然跻身激流，畅游畅想，那么，等待绝大多数吾们黑鱼的，定是柄柄犹如骤雨般空袭的鱼叉，以及尔等在旋涡之外对吾们黑鱼永远的讥嘲。黑鱼尽管历尽艰辛，锻炼出粗糙肌肤，但鱼叉的每根铁刺，却锋利无情。到时，刺进鱼身的尖刺锐钩，根根都会令黑鱼痛悔今生……

年轻的白鱼，一副沉思的样子。过了一会，慢慢道：原本简单的事情，经您老先生一通分析，我才发现极不简单！啊，我明白了，原来您不是缺乏勇气，也不是不愿接受新鲜事物。

老黑鱼闭目，不置一词！

年轻的白鱼自顾自说，您实在是一条智慧的黑鱼，请原谅我方才的粗鲁。一些事情，于吾们而言，是玩鲜亮、光彩、意义，是玩不世之功业，千秋之梦想，是演绎博大精深的理论，而于你们，唯独是一个十分简单的问题，直指生死！活着，永远是最深的考虑。

确实，鱼与鱼不同，白鱼始终有先行一步的优势，不，是倏忽之间先行二三步的优势。这种优势，一般鱼们看不到，只有在关键的时刻，才显示其无可比拟的价值。

年轻的白鱼继续说，这种优势，使吾们可以更加尽情，甚至于可以更加任性。

它的声音变得诚恳起来：现在看来，让黑鱼对标白鱼，是一种非常危险的想法。不过，纯以死生而论，又未免失之简单。作为黑鱼，总得让一生有点意义吧。否则纵然一世安逸，未免遗憾……我的意思是……换句话说，黑鱼，至少，应该跟从前的黑鱼，有点不同吧？

黑鱼微睁双眼，缓缓答道：是的，江河湖荡，表面上没有发生任何变化的迹象，但是，只要你用心感受，你就会明白，随着时间的推移，水温正在起变化。准确地说，是在升高，这样下去，即使是世代偏居于大柳树下的黑鱼，也必将难以忍受，失去以往的安逸。不仅如此，江河湖荡正在变得浑浊，日益江湖化。

而与远忧相比,近虑则更让吾担心,一些年轻黑鱼开始攀比、追逐白鱼华族,拒绝接受树荫下的命运安排,它们喊叫的口号,无不激荡着污泥浊水。这样躁动,无疑让它们处于另一种更近危险的境地。

它们唱着称为快乐的歌,转向而走的背影,却充满了孤独、寂寞,没有一丝理想的光辉。它们常常一拥而上,顺流而下,口水飞喷,不仅动口,而且动手,企图消灭吾族中一切正常与善意的忠告。这并不是寻求变化,更不是寻找意义,而是飞蛾扑火。大柳树外面的世界,不是水天堂,它们不可能拥有尔辈的优势与幸运。

大柳树出现之前的历史,似乎又来了。

特别令吾辛酸的是……老黑鱼长长地叹了一口气,说:多数年轻的黑鱼离开了大柳树,再也没有回来,不知是成了餐桌上的佳肴,还是在新的天地里创下了伟业。

……

"黑白对话"的原始记录,早已散佚。幸运的是,对话的大意,被在场及后代的黑鱼、白鱼,零零碎碎地回忆、转述,东拉西扯、七拼八凑出一个大概。此后,"黑白对话"在南白荡里不断传播,经很多代鱼学者的注疏考校,才形成今天这个版本。

一条草鱼的熏鱼梦

　　一条草鱼做了个梦,梦醒后对身旁的青鱼说,我做了个梦,梦见自己终于实现了很久以前的梦想,像你们青鱼一样,被切成了段,先是浸泡在酱汁盐水里,接着又在油锅中炸成金黄色的熏鱼块,然后装在白汤面、红汤面中端上桌,摆放在流着口水的人们面前。耶,我的鱼生画上了一个完美的句号!

　　青鱼听了此话,先是惊讶,不以为然,继而好奇,不知所以然。它问,咦,兄弟,你是发热说胡话了吧,为什么你——一条草鱼的梦想,却要以青鱼为参照;不仅如此,还要将自身在油锅里煎炸一番作为一种终极荣耀般的梦想?兄弟,虽然江南人惯用青鱼来做熏鱼,但说实话,你的梦想充满了诡异,令我无法理解,更不用提会产生什么共鸣了。

　　青鱼意犹未尽地说,草鱼兄弟,我们青鱼的梦想与你们的不同。青鱼在江河湖荡里悠游任行，一身青鳞，既像意气飞扬的江湖豪强大侠，又像富态贵气的江南巨商大贾。因此，青鱼的梦想，是在江河湖荡中享有崇高地位，而决不是被杀加工后奉为油炸经典食物，也决不是让人们齿牙咬嚼，口水吞咽，从而满足饕餮之徒的欲望！说真的，我没想到，尽管我们同是鱼类，但你我青、草的梦想会有那么大的差距！

草鱼不假思索地回答道，我们草鱼与青鱼长得像孪生兄弟，体型相像，肤色相近，不细看不能分辨差别，但是，我们两者之间的差距却不能以里来计。你们青鱼吃小鱼，吃青虾，吃泥鳅，吃螺蛳，吃香的、喝辣的，占尽无限风光。并且，借由人主导的烹饪政策，你们青鱼还构建了一种特别的优势，可油炸成熏鱼，可腌制为咸鱼，可切块红烧，可分段清蒸，也可……总之，这些优势让你们成为鱼中骄子，高出他鱼一等，备受人们青睐。

再看我们草鱼呢，一生只吃水草，几乎不辨它味，在泥水里穿越，也只为辛苦觅食。一旦误入渔网，贪咬鱼钩，被捉上岸，好像也只有红烧一途。不仅如此，据传，人有此议，说草鱼切块过大，难入味；太小，则易散成屑，味道与品相两难选择，故似属劣等鱼类。也似乎由此，在江南，草鱼极难登大雅之堂，既不入饕餮之徒法眼，也很少被美食家拿来咂味。我们的生，一直在湖河底层；我们死了，更不能引发人们美好的回味。

青鱼听完草鱼的诉说后说，走，我带你去南白荡看看，也许能化解你的心结。到了南白荡，青鱼指着岸上的水牛对草鱼说，兄弟，你看见了吧，岸上的那头水牛，终身食素吃草，却力大无比，耕田犁地，为人做出了巨大贡献。轭架牛脖，即为精神，然停步不前，即有鞭子伺候。甚至，若论它的梦想，也不过是嫩草可食与牛棚干净而已。

你再看，岸边网中围着的那群鹅与鸭，九只鸭子与一只鹅，看到了吗？九比一，是一种挺不错的组合吧。不用多说，鸭子跟鹅混，最终一定会混成一个素食主义者。不吃青蛙，不吃小鱼小虾，不吃螺蛳，也不再吃蚯蚓，浑身上下没积下多少可供煎熬的油脂。你要知道：这种混法的可怕后果是，这鸭子首先是生不了双黄蛋，其次是少生蛋，直至不生蛋。最后，在春节来临的时候，它成了八仙桌上的一盆菜。

当然，直到死，鸭子的嘴巴还是扁的。

青鱼语重心长地说，草鱼兄弟，你对自己要求太过苛刻，草鱼就是草鱼，青鱼就是青鱼，草鱼拥有青鱼的梦想，如同鸭子去拥抱鹅的梦想。这，难道不是可笑之极！

草鱼无言以对，嗫嚅不知说啥。

恰在这个时候，游来一群鲢鱼，大大小小，白的，花的，彼此追逐嬉戏，看上去无忧无虑。那青鱼见状启发草鱼，鲢不如草，草不如青，相较白鲢、花鲢，你的优势已经十分明显了。你再看，即使不如你们，那些鲢鱼也没有因此而活得灰心丧气。你换位思考一下，兴许会找到鱼生新的坐标。

草鱼想了想，极其认真地说，青鱼大哥，一听此话就知道你落后了。白鲢、花鲢为什么那么无忧无虑，那是因为白鲢、花鲢虽然肉质不如草鱼，但砂锅鲢鱼头的鲜美、剁椒鲢鱼头的嫩滑，一直在推动人们追捧鲢鱼。鲢鱼空洞无物的大头，已经让其从传统的劣势转向优势，并受到了人们烹饪方法的加持。不客气地说，连你们青鱼也未必超越得了。

确实，以青、草鱼头来炖汤，属于天方夜谭。草鱼低声喃喃：草鱼的可怜，即便是做成鱼冻，也敌不过鳌鲦、鳑鲏、小鲫鱼、花生米的组合；而，你们，虽则不能炖汤，也不能剁椒蒸，但毕竟还有老字号招牌，熏鱼（吴江人又称爆鱼片），永恒的美食，经典的美食。可以说，熏鱼作为青鱼永久的品牌，就是一面永久的旗帜。

那青鱼见此，忽觉所做思想工作落空，顿感心灰意冷。心想，若干年后，当所有人都在追捧由草鱼肉千刀万剁做成的草鱼丸子的时候，你们草鱼就可能会以身为草鱼而自豪了？

青鱼又心想，真到了那一天，草鱼变态地崇拜青鱼的现象可能不会出现，然而，到那时它们的梦想又会变成什么呢？其实，无论是草鱼，还是青鱼，也无论是油炸，还是红烧、清蒸，或者别的剁椒什么，鱼的结局最终并没有什么差别。

鱼的贵贱，还不是由人的那张嘴来决定！

新时代鲤鱼要办大学

春末夏初，鲤鱼们在南白荡召开会议。

这次会议，可以看作是南白荡鲤鱼史上最重要的一次。

这是因为，会议首次由年富力强的鲤鱼新任领导——大红主持，会议的主题是商讨成立一所鲤鱼大学。要知道，在南白荡这样的地方发起成立一所鲤鱼大学，不，就算是提出这样的一个倡议，也是前所未有的伟大创意。因此，会议的重要性自不待言。

当时，所有与会的鲤鱼代表心中，无不涌动着无数个问号，它们望着大红，齐刷刷的目光发现，大红好像没有喝酒，大红的样子也不是在说酒话。

那一刻，大红一下就看出了众鲤鱼代表的疑惑。作为回应，大红用坚定缓慢沉稳的语气，告诉所有鲤鱼代表：我，大红，就是一条追求与众不同的鲤鱼！

接着，大红在会上作了一个报告。报告所表达的重点思想是，作为鱼类中最富文化气象、最有进取精神的鱼种，鲤鱼的形象一直正面傲立于江湖之巅。千百年来，鲤鱼跳龙门所表达的万千鱼类对美好未来的向往，是回荡在南白荡及周边广阔区域鱼界的昂扬旋律，其思想内涵与精神边界甚至突破了至高无上的人类对鱼的有限想象。新的鱼时代，需要继承和发扬光大鲤鱼跳龙门的精神，需要深入发掘鲤鱼跳龙门的丰富内涵与世界价值。因此，成立一所鲤鱼大学，正当其时，万分迫切。大红高声说道，成立鲤鱼大学，功在当代，利在千秋！

听完大红的报告，所有的鲤鱼代表都陷入了幸福的沉思，也都明白大红的确是有一套，工作目标明确，工作思路清晰。放得开手脚，抓得住重点。看来，成立一所鲤鱼大学，大红已经考虑成熟，绝不是喊喊口号，说说玩玩，做做表面文章。

未等会议结束，也不用大红做艰苦的思想工作，所有的鲤鱼班子领导与中层干部就已统一到这样一种认识上来，即，成立一所鲤鱼大学，不仅可以提升鲤鱼在鱼界的形象，而且还可以增强鲤鱼作为核心的凝聚力和影响力，从而奠定鲤鱼在世界上鱼类中的崇高地位。

大红在鲤鱼大会闭幕后随即召开的新闻吹风会上亮相。因为操劳过度，大红略显疲惫，但是让所有鱼记者对大红钦佩不已的，是它的眼睛里闪烁着耀眼逼鱼的神采。这类神采不完全等同于光芒，却比光芒更有力量。当然，更让鱼记者钦佩的是，大红身上发散的思想，这种思想已经超越了这个鱼时代，可以断定将会产生极其深远的历史影响，其意义无比重大。在回应鱼记者的提问时，鲤鱼大红铿锵有力地说，我们要从高处看问题，要从远处看发展，要么不办鲤鱼大学，要办就要办一所世界一流的鲤鱼大学。

它随后指出，世界一流鲤鱼大学，意味着气派不凡，格局宏阔，意味着领先、率先、争先，既是标杆，又如灯塔，是其他鱼类大学的学习对象，能够引领、照亮其他鱼类大学的前进方向，因而是所有鲤鱼向往的学习圣地！

它接着又形象地解释，什么叫一流？一流就是你开着汽车奔跑，它在徒步追你；什么叫世界一流？世界一流就是当它发展到骑着自行车追你时，你已经坐上动车往远方风驰电掣；什么叫世界一流？世界一流就是当它发展到坐上动车追你时，你则早已在宇宙飞船的轨道上仰望浩瀚星空。也许它能看到你模糊的背影，或者看到你扬起的一缕烟尘，或是看到你划过天际留下的弧线，但它永远、永远都不会追上你。这就是一流，世界一流！

大红强调，如果我们办的鲤鱼大学不像大学，那么我们就会在鲤鱼史上留下一个笑话。因此，我们一定要做好顶层设计，统筹规划，谋定后动。小地方可有大作为，南白荡要有大布局。没有做不到的事情，只有想不到的地方。格局影响结局，思路决定出路。它语重心长地指出，只有不断解放思想，开拓创新，思路清晰，脚踏实地，然后才能成功在望。

不用多说，南白荡的鲤鱼自然是奔走相告，兴奋莫名，无不沉浸在期待与憧憬的荣光之中。大红的讲话，用"引发了强烈的社会反响"来形容，真的是十分恰当，一点儿都不过分。你瞧瞧，立刻报名上鲤鱼大学的本地鲤鱼络绎不绝，打招呼开后门的不少。此后，随着水波传递的信息，闻讯而来的外地鲤鱼，也是鱼影幢幢，一度甚至把狭小的河港都填满了。

一条中年的鲤鱼对一群赶路的年轻鲤鱼说,哎呀,你们可赶上了好时代啊,不仅十年禁捕,而且还能在家门口上大学,真是幸福无比呐。你们可要珍惜当下的好时光,可要知道幸福生活来自何方,千万不可辜负了大红的良苦用心与殷切期望。

在某个幽暗的角落,一条红色、纯净且艳丽的鲤鱼真诚地对一条花色复杂的鲤鱼说,今后我们就是大学同学啦,请多多关照!我有不明白的东西可要时时向你请教,你千万不可推脱!花色复杂的鲤鱼说,去你的,不怀好意的东西!

而一条上了年纪的鲤鱼直接说,我真不相信我所听到的这些话,你们莫不是在跟我开玩笑吧!我活这么久,从来没有听说有这么好的事。当其他鲤鱼贴着它的耳朵告诉它确有其事时,老鲤鱼自言自语地说,鲤鱼大学好咧,可好咧。它甩了甩老尾巴,然后竖起大胸鳍说,我就说吧,大红自小起就不同一般,我就知道它好,它强,它了不起呢。

更有一位鲤鱼历史学者经过研究,很快写出了一篇论文,文章认为,大红提议创办鲤鱼大学,属于前无古人、后无来者的创举。事实证明,鲤鱼在南白荡繁衍生息千年万年,历史何其悠久，但没有哪条鲤鱼能够想到办一所鲤鱼大学，也没有哪条鲤鱼提出来办一所鲤鱼书院，哪怕是一所鲤鱼私塾。进入近代以来，没有鲤鱼提议兴办鲤鱼中学、鲤鱼小学，甚至连提出兴办一所鲤鱼幼儿园的也没有！文章认为，现在，一个属于鲤鱼的伟大时代正在到来，创办一所鲤鱼大学恰逢其时。伟大的时代办一所伟大的大学，犹如榫卯相接，严丝合缝，相映成辉。文章还认为，有了鲤鱼大学，无须用自己的思考就能得出结论，南白荡必将进入崭新的历史阶段。不出意外的话，南白荡极有可能成为今后鲤鱼思想的摇篮，并且成为除龙门之外鲤鱼的又一个圣地！

受会议与文章影响，连续一段时间，鲤鱼们不再打挺，而是脸带同一种表情，都在喋喋不休地回忆从前，并间接地学习与品味大红的创新举措及其意义。最后，鲤鱼们无不相信，在南白荡这样一个平淡无奇的江南小荡，诞生一条充满智慧与执行力的大红伟鱼，不能不说是千年不遇的奇迹。连同是贵族的白鱼，在谈到鲤鱼大红时也放下了贵族式的肩背，连连称赞大红，说大红确确实实是一条具有世界一流眼光的鲤鱼，大红提出的办世界一流鲤鱼大学的远大目标属远见卓识，脱俗超凡，势必彪炳史册。

当然，也有鲤鱼不合时宜地提出，创办世界一流鲤鱼大学的意义，还需要得到南白先生的认同。南白先生写故乡的南白荡，写南白荡的各种鱼，写稀奇古怪的各种东西，虽然写得还好，但总的看来，还存在着巨大的问题。突出的一个问题在于，两年多的时间里，他写草鱼、青鱼、鳊鱼、黑鱼、白鱼、甲鱼等等，甚至还写了身形瘦弱的鳑鲏、鳘鲦，就是从来不写南白荡的鲤鱼。这对鲤鱼一族来说，是一种伤害不大、侮辱性极强的轻视，也是一种故意为之的选择性忽略。因此，成立鲤鱼大学，可以引起南白先生的重视，极大地扭转他的立场及关注的视角。这条鲤鱼提出，有必要起草一封公开信，由所有鲤鱼一同呼吁南白先生放弃可能存在的偏见，一视同仁，从建设和谐故乡的角度出发，为南白荡、鲤鱼及鲤鱼大学提供一个更好的形象展示平台！

公开信好写，但怎么发给南白先生却是个难题。好在天无绝鱼之路，那条咬了狗的老黑鱼（参见《让狗抑郁的黑鱼》）幸运地成为传递这封信的使者。只不过老黑鱼素与鲤鱼不睦，它不知其详，只略晓大概，于是絮絮叨叨说了上面的那些官样的东西，有的地方明显没有说清楚，也没有说准确，不排除产生误解的可能性。

传递完信息之后，老黑鱼问，南白先生，为什么你写了那么多的鱼，却从来不写写鲤鱼呢？我回答道，鲤鱼从来形象正面，民间传说鲤鱼成精之后依旧保持正面鱼的本色[1]，而我写的鱼从不主题先行，也不针对任何人和事，主题模糊，废话啰唆，完全凭着感觉写，因此恐怕难以突出或拔高鲤鱼的固有形象。而另一方面，写鲤鱼不当，万一被理解为负面评价，有悖传统，甚或是抹黑等等，从而引发关注，并对号入座，这可大大不妙。我写东西只为娱乐！

老黑鱼又问，南白先生，你对大红发起成立鲤鱼大学一事是如何看的？我回答道，现在的人们吃鲫鱼，一般红烧或烧汤，偶尔用葱烤。人们吃黑鱼，一般烧汤或用雪里蕻菜炒，有时用酸菜来炖鱼片。人们吃鲢鱼或鳙鱼，红烧鱼块居多，做鱼圆也不失为一种好的吃法。至于青鱼，素负盛名的吃法是切块油爆、红烧青鱼划水。鲫鱼、鳊鱼等其他鱼忽略不谈。鲤鱼的吃法，乏善可陈，像做成松鼠鳜鱼那样的松鼠鲤鱼，

---

[1] 参见《中国精怪故事》，车锡伦、孙叔瀛编，南京大学出版社，2021年5月版

甜腻，肉老。现在，绝大多数的人都不吃鲤鱼了。相当一部分鲤鱼改做观光产业，在水中花枝招展地扮演角色，娱悦高岸上的那帮蠢蛋。

老黑鱼还想问，我直接把话头掐死。我对老黑鱼说，其实鲤鱼肉也是挺好吃的，我就知道一种吃法，与吃你们黑鱼一样，你想知道吗？鲤鱼和你们黑鱼一样，两侧都各有一根贯穿鱼身的骚筋。用刀从鱼鳃与尾巴边上各自横切下去，你会发现有一个小白点，轻轻一拉，一抽，就能取出。去了骚筋的鲤鱼，包括你们黑鱼，无论红烧、清蒸、炖汤，还是其他高贵的吃法，即使不放葱、姜、蒜末、料酒、柠檬汁等，也会鲜美可口、嫩滑细腻。

老黑鱼听了，很识趣地闭上嘴巴。

我不能让一条识趣的老黑鱼去满足我们小小的口腹之欲，那样只会显得我的格局太小，气度不够宏阔。于是，在一个月下的夜晚，我未经三弟同意，悄悄地将那老黑鱼放归了南白荡。

我不知道，南白荡，新办了鲤鱼大学之后，那里还是不是老黑鱼的理想家园？

江南的狗鱼

江南的狗鱼,曾经是一种奇怪的存在。

它的面目不清,外观模糊,虽然身形魁梧,并略略显出敦厚诚朴的气息,但态度、边界与归属很不明确。

这使得它始终被其他的鱼类隔离,游动于鱼的世界之外。

正因为这种隔离,绝大多数鱼对它并不了解。很多鱼认为它靠吃水草活着,也有很多鱼认为它这种块头应该是吃小鱼小虾小虫长大,还有不少鱼觉得它是通过吃水中的腐食来维生。当然,还有个别鱼坚持认为,像仙客从空气中吸取养分一样,狗鱼从水中汲取元气,属于得道成仙的那类鱼。它表现得奇怪,但也表现得并不神秘。所以说,它是一种奇怪的存在。

确切地说,没有鱼看见过它觅食、社交、旅行、体育活动,

据说，黑鱼之所以黑，完全是因为晒月亮晒出来的。

或者与他鱼吵架的情形。多数情况是，它游走在甲乙两类鱼的边缘之外侧，用一只眼望着甲类鱼群，用另一只眼望着乙类鱼群。尽管现在的鱼分类越来越明显，立场、倾向、情感越来越对立，但狗鱼既不加入甲类鱼群，也不加入乙类鱼群。在其他鱼眼里，它孤独，它寂寞，它忧郁，它困惑，十分另类。有意思的是，它仿佛一直在咀嚼双方的声音，从中判断双方理性思维与情感表达的高下。就这样，在全盘接受或一概拒绝的过程中，在其他鱼的视线里，狗鱼的脸逐渐挤成一个迷迷瞪瞪睡过去的模样，直至成为一团奇奇怪怪的混沌。

因此，对于甲乙双方来说，狗鱼的存在还是一种没有逻辑的存在。要么生，要么死，要么成，要么败，都在站位甲或者站位乙的选择中。显而易见，正是狗鱼的模糊，导致了它自己为甲乙两类鱼都不亲近的尴尬处境。

但是，有一天，这种情况居然发生了重大改观。

那天，在皎洁的月光下，一条纯种红色的鲤鱼在南白荡召集鱼们，郑重发布它最新的研究成果：黑鱼之所以黑，完全是因为晒月亮晒出来的。

不仅如此，红色鲤鱼还宣布：黑鱼之黑，与太阳的照耀毫无关系。并且，月亮晒出来的黑，终身不褪色，"惠"及子孙。千百年来，黑鱼始终那么黑，就是这个原因。

此言一出，当即震惊了鱼界。不用说，鱼儿当即分成了两个派别：月光晒黑派与非月光晒黑派。

月光晒黑派从中一下找到了科学与知识带来的快感，非月光晒黑派从中找到了反击伪科学、伪知识带来的欢乐。

赞成月亮晒黑的月光派鱼儿，如鲢鱼、鳙鱼、青鱼、草鱼等一致认为，这是近年来鱼界的一个重要发现，对鱼类社会今后的发展将会产生巨大的影响。这一学说与实际相结合，开启了一个全新的鱼类时代，极有可能彻底改变今后鱼类的生活方式。

不赞成月光晒黑的非月光派鱼儿则斥责，说这一观点充满着由肤色与遗传带来的傲慢，是南白荡鱼类社会彻头彻尾种群歧视的结果。黑鱼、昂刺鱼、鲶鱼、鳗鱼等有色鱼种带头起来反对，它们说，科学研究需要以客观事实为依据，必须秉承严谨的治学态度，不能为了哗众取宠，带着预设的立场随意推导出一个所谓的科学结论，以免误导鱼众。

令红色鲤鱼啼笑皆非的，是白鱼、鳑鲏、鳖鲦、激浪鱼、鲴鱼等白种呆鱼，居然纷纷从自身肤色银白这一实际出发，质疑这一"科学发现"的准确性。它们纷纷发表谈话，认为自己不光在阳光下奔游暴晒，也曾在月光下姿意漫步，而且常常通宵达旦地在月下唱歌跳舞谈恋爱，但它们从来都没有晒黑过。由此，它们判定，"月光晒黑说"不值一提，简直就是胡说八道。

在两派鱼儿争吵不休、情绪十分对立的情况下，狗鱼主动站了出来。

狗鱼露出两排锋利的牙齿，在两派鱼儿中间巡游了一圈，然后表情严肃地说道：我刚才聆听了鲤鱼的重要讲话，与鲢鱼、鳙鱼、青鱼、草鱼一样，也深刻体会到这一重大发现的重要意义。

这一刻，狗鱼精神焕发，一脸神思飞扬，浑身狠劲，远不同于往常模样。

它见众鱼都在惊讶之中，于是又高声讲道：鱼同们，无法用语言来形容我此刻的心情，我反正是倍加振奋，倍受鼓舞，对未来的发展充满期待。我如同站在高山之巅眺望喷薄而山的朝日，也如同航行在苍茫大海上突然望见灯塔，站在伟大之上才能伟大。我，告诉你们，有了这个重大发现，我信心倍增，立场坚定。

鱼同们，你们想想，这是一个什么样的重大发现啊！当所有鱼都在关注大江大河大湖大海、研究浪潮起伏跌荡变化的时候，只有鲤鱼能够用它充满智慧的战略站位以及祖辈跳龙门形成的经验优势，在所有鱼儿所忽视的日常现象中提炼出影响鱼类世界发展的决定性因素，并且揭开黑鱼为什么始终很黑这一长期困扰鱼界的问题的深层原因！不谈这一重要发现需要具备多么强大的知识储备，需要具备排除千难万险的多大毅力，我们只要说说这一重要发现背后鲤鱼心系江湖万鱼所拥有的博大情怀就够了。你们想，再想想，这是一条什么样的伟鱼！这样伟大的鱼，完全可能让世界上的所有黑鱼变白、变美，从此引领所有鱼儿走向幸福的美白生活。

鱼同们，这是写入千秋万代的大业呀。

狗鱼调低了声音，诚恳地说道：我们都是凡鱼俗鱼，只有鲤鱼才是英鱼俊鱼。当我们天天迷失在庸庸碌碌的生活之中时，当我们日日都在忙着追名逐利时，鲤鱼却能够沉潜下来，守正创新，这样的鲤鱼，才是纯粹的鲤鱼，才是值得我们信赖的鱼领导。凡是看不到这样伟大成果的鱼，不是智商出了问题，就是思想有了毛病，简单地说，就是坏，其心可诛。

说到这里，狗鱼的脸慢慢地明朗起来，它深深觉得时代赋予了它伟大的使命，它得行动起来。

于是，它首先找到了鳑鲏鱼。当它猛然出现在鳑鲏鱼面前时，周身散发的威严让鳑鲏鱼吓得不轻。鳑鲏鱼哆哆嗦嗦地问它，狗鱼大哥，您找我，什么事？狗鱼用冷峻的目光扫视鳑鲏鱼，然后咧开大嘴，露出两排锋利的牙齿，一字一顿地说，小鲏，我对你的情况比较了解，今天找你，主要是想问你对月光晒黑这一伟大发现的态度，你是支持还是反对？鳑鲏鱼支支吾吾，不肯回答，虽说个儿小，但南白荡的鳑鲏鱼也要脸面，不会轻易朝三暮四，反复无常。

狗鱼转头就走，找到了鳌鲦。它耐心地对鳌鲦解释月光晒黑的科学依据，希望鳌鲦能从红色鲤鱼的科研成果中获取感动南白的精神力量。但是鳌鲦不为所动，一口予以拒绝。鳌鲦慷慨激昂地说道，你可以不同意我的观点，但你要誓死捍卫我说话的自由。狗鱼哈哈大笑，鳌鲦就此消失。就在鳌鲦消失的时候，有关鳑鲏的绯闻如同搅动陈酿酸醋后的气味，快速地在鱼群中传播。

再后来，狗鱼来到南白荡大柳树下，与黑鱼作了一次长谈。这次长谈后，黑鱼一改原先模糊的态度，发表了一个声明。声明说，它完全认可鲤鱼的科学发现，并高度仰视鲤鱼为鱼类所做的贡献、付出的心血。

随后，经过狗鱼的思想政治工作，非月光晒黑派中的激浪鱼率先承认，自己的背部与尾巴已初显青黑迹象，尽管这一趋势比较缓慢，但完全可以证明月光晒黑理论的高度正确性。与此同时，白鱼、鲫鱼、鳊鱼、鲴鱼等白肤种鱼，纷纷从自身实际出发，在红色鲤鱼观点的基础上，将月光晒黑说进一步加以完善。它们与激浪鱼站在一起，通过向鱼界展示自己背部微微的青黑转变，说明"月光晒黑说"是前无古鱼、后无来者的伟大理论创新。

鲫鱼的忏悔

鱼比人更有好奇心。

这是童年时我坐在家乡龙泾江边的发现。

不仅如此,我还发现,就连河虾,也比人更好奇。

我那时用缝衣针,在火上燎烤,烤红后用老虎钳弯成鱼钩,再穿过针眼,系上棉线,垂到清澈的河水中。这时候,我会发觉,小鱼儿都来了,它们对挂在一条白线下,局部银光闪闪、局部又闪着暗蓝色光亮的弯钩,有着十分强烈的兴趣。

当场就有小鱼绕着圈子观察,也有小鱼上来就鲁莽地啜了一下,当然还有小鱼对着鱼钩直嗅。而透明的小虾子则伸出钳子,反反复复地拨弄鱼钩,如同来回摆动秋千。

我知道,小鱼小虾多了,大鱼大虾就会赶来。为什么?

因为小鱼小虾会叽叽呱呱传递信息,把好奇心向外发散,而大鱼大虾都还保留着好奇心,知道了一定会前来探个究竟。

尽管小鱼小虾的味道不错,但吃起来需细致,一不小心会有麻烦。因此,对于那个时候贫穷的我来说,我更期待的是河里的大鱼大虾,而不是眼前的这些小鱼小虾。

这个不挂蚯蚓的鱼钩,既能充分调动小鱼小虾的好奇心,又能起到节省蚯蚓的效果,有着十分重要的引流作用。现在,大鱼大虾正在赶来。我在这个间隙,快速地在鱼钩上挂上蚯蚓。

这不,前方水中就有几大块青墨色快速晃过,小鱼小虾们退到列队欢迎的道上,用载歌载舞的形式表达各自欢迎的心情。

我避开阳光照射留下阴影的角度,隐下身子,慢慢放下鱼钩,目的是不让大鱼大虾知道,我这是在利用它们的好奇心钓它们。人生最大的恶,是利用别人的善。人生还有一种恶,是利用鱼儿的好奇心。如果让它们知道我是在利用它们的好奇心钓它们,那么我的做法就太招鱼虾鄙薄了。由此,我在龙泾江边自小而大积累的坦坦荡荡的美好形象,就会一下子崩塌。这样的话,我今后根本就没有法子在河两岸立足、发展,就连入水,也一定会招来鱼虾的袭扰与攻击。这无疑是一件悲哀的事。

此刻,鱼钩尖上的蚯蚓在水中扭动,并在扭动中一点一点地往下沉,蚯蚓扭动的样子,令我想起我们玩耍时候跳的竹篙舞,严格地说,是夏天我们在河边滑竹篙入水的怪样,不好看,但招人眼球。

几团青墨色逐渐靠近。我隔着水色与光影,都能感受到那几团青墨色散发的浓郁好奇心。嗨呀,我心不免狂喜,因为成功在望,钓几条不成问题。然而,就在我以为好奇心能引鱼上钩的时候,水草间突然伸出两条粗壮的虾臂,拥抱着那条扭得越来越慢的蚯蚓。此虾的两钳张开,呈拱卫状,钳尖向外,逼使那几团青墨色急急刹车,向四周乱窜。

我瞥了一眼,心头涌上来一阵懊恼失望。过了几秒,再看,那虾居然将蚯蚓送进嘴里。既然送上门,我便不客气,立即挥竿收线,将那虾带上了岸。虾比我往水里看到的要大许多,水太清,折射,再加上水的晃悠,你所看见的东西比实际上的往往会小。这是一只大虾,估计在龙泾江中生活了好多年头，虾壳为深青色，上面披挂着几缕水草，腰身像一节节铠甲，锈迹斑斑，颇显苍苍莽莽的气象，唯两只眼睛往外鼓着，依然保持着溢满好奇心的模样。

我将虾子收入鱼篓，抬眼向河水中扫视，在二三码的地方，发现那几团青墨色虽面朝着自己，但也勾显出了完整的鱼形。原来，它们是一群调皮的青背白鲫鱼。鲫鱼原本谨慎小心，尽管好奇心重，但行事始终并不鲁莽。我不知今天它们的飘移为何如此鬼魅，更不知半路为何杀出了程咬金。我往江心搜索，突然清晰地瞧见微微的波浪之下有一双鱼眼睛。那真是一双特别的鱼眼睛，里面充斥着阳光与阴暗、热情与冷漠、宽厚与残忍、智慧与奸谋、信任与背叛、真诚与欺骗……

这双鱼眼睛不露声色，却有着强大惊人的力量，仿佛能在瞬间将你的内心洞穿，并且可以在瞬间抽去你的力量。看一眼，我浑身一凛，心一虚，头皮一阵发麻，于是忍不住头一抬，站了起来。这下可坏事了，我，完整的一个小脸蛋，在阳光下，都给那群鲫鱼看见了，甚至连路过的白鱼都看见了。小鳑鲏与小鳌鲦在水面晃荡，尽露出鄙夷的神色。眼前的事情，着实让我尴尬。

我拎起鱼篓子，悻悻离开。走出几步，再朝江心望去，却什么都没有发现。恍惚间，我感觉仿佛是做了个梦一般，迷离，虚假，好不真实！

我的名声自然是臭了。龙泾江已经不能立身钓鱼，尤其不能利用大小鱼们的好奇心来钓了，但我还有南白荡可以去奋斗一番，也许，丑事还没传到，南白荡的鱼还不知道我利用它们的好奇心来钓它们。当然，即使传到了，南白荡的鱼也未必认识我。

作为土生土长的南白荡边上的人，我十分熟悉南白荡，这是一个既给人们、又给鱼儿带来美好回忆的地方。荡的一年四季，除了冬季，都是鱼儿最为开心的季节。四周的圩岸上，麦稻、油菜飘香，从沟渠里流淌下来的水，带来了麦稻菜籽、烂菜叶及各种死去的虫子。对于生活在水中的鱼儿们来说，圩岸之上的一切，虽然近在咫尺，却与遥远的星空一样，是一个神秘未知、仰望未及的所在。

四季更迭，岁岁轮回，因此，南白荡的鱼儿，有可能比龙泾村的鱼儿拥有更大的好奇心，南白荡成为我理想的钓鱼场所。接下来的问题是，我如何激发它们的好奇心，谕以星辰大海，然后让它们上我的鱼钩。

我从生产队的库房里偷偷地扛了几面不同颜色的旗子，把它们插在南白荡滩上。风吹着旗子哗哗飘扬，煞是好看，我相信，这一定像一道风景一般招惹南白荡里所有鱼儿的眼睛，强烈刺激着它们的好奇心。我在圩岸上等，等鱼儿近岸以后好下钩。可是等了好久，也不见有一条鱼儿游近。我甚至看见远处有黑压压的鱼群，正往旗子这个方向集体凝望。我心想，它们也许正在集体嘲笑我的幼稚，以为我靠这几面旗子就能让它们踏上探索理想之路。鱼的脑袋虽小，却也充满智慧，除了菜花鱼在花开季节、白鱼在发鱼阵之中较显愚笨之外，绝大多数鱼儿在平时无不表现出聪明的模样，这其中，要数青背的白鲫鱼最为聪明。我知道，不出意外的话，这黑压压的鱼群一定是青背白鲫鱼，因为它们聪明，所以没有一条鱼会冒险前来。

随后，到了黄梅时节，天上时不时地下起大雨，龙泾江、南白荡的水直往上涨，天地间大片空蒙。我戴着箬笠，披着蓑衣，赤着脚，带着赶网与鱼叉，来到了南白荡滩。

我问自己，鱼在哪呢？这么大的雨，会不会打没了它们的好奇心？我手搭在额头，由近向远观望，湖中根本看不见一条鱼的影子，只有大雨落下打出的雨泡与烟雾一般的水汽，营造出一派迷茫混沌的效果。

过了好一会儿，从通往南白荡的灌水渠口，突然传来鱼儿哗啦啦击水向上的声音。我沿着堤岸急奔而去。灌水渠口原本筑了泥坝，现在则溃坝了，打开了一个半米宽的缺口。落在大块大块田间的雨水，一开始纷纷流入小水沟，然后涌入灌水渠，最后汇聚到溃口，奔流而下进入南白荡。我在渠口看到，青背白鲫鱼一条接着一条逆水而上，艰难地向着渠口前进。渠口之水湍急，但没有一条鲫鱼畏惧困难。更可怪的是，它们并不惧怕站在渠口的我，它们可能视我为无物，也有可能正忙于与激流作斗争，无暇他顾。我心中疑惑，为什么旗子激发不了鲫鱼们的好奇心，或者说是热情，而从渠道中奔流而下的浊水，却让鲫鱼们如痴如醉，奋不顾身？！

我站在堤上，定了定神，我不急，心想，等雨稍停，这一渠的鲫鱼都是我的了。我手执鱼叉，在渠口边上的荡滩上逡巡。按照我的经验，渠口附近的湖水中，一定会有较大的鱼出没。就在这时，我猛然发现，在湖水中，若隐若现着一双鱼眼睛。啊，对了，就是那天我在龙泾江中瞧见的那双鱼眼睛。这双眼睛里，现在满是晦暗不明的慈爱、态度鲜明的鼓励及不动声色的观察，并且很享受地望着那一条一条青背白鲫鱼，听从它的号召而激流勇进！从湖大凭鱼跃到跃入逼仄的水渠，青背白鲫鱼的命运早已写定，盖了讫章。现在，这最大的恶，看来莫过于利用鱼们的好奇心，让它们跃入沟渠。鱼小兵都是为了用来探路的、牺牲的。

不知为何，我心生邪念，随手向那鱼眼睛方向投去鱼叉。鱼叉飞去，鱼眼睛也随即消失。我收绳，从力道上感知，居然没有中的。抬起鱼叉时，才发觉鱼叉的一根边刺上洞穿了一枚巨大的鱼鳞。那鱼鳞比麻雀蛋大，透明，若指甲一般薄而硬，弹之发出铜锣一般"当当"的声音，并散发出极其难闻的腥味。

雨停了，天空有了一些清朗气息。我用赶网去搜捕跃入水渠的青背白鲫鱼。从东头赶到西边，到了尽头，居然没有出现鱼儿争相起跃的欢乐局面。我拎起赶网，网里只有两三条泥鳅、三四条弱小的土鲫。我不甘心，又重复操作一遍，这一次，除了一条粗壮的水蛭、一个田螺以外，什么都没有。

那些争相起跃，进入沟渠的青背白肚鲫鱼呢？它们去了哪里了呢？

站在岸上，我四下张望，南白荡依旧一派迷茫混沌。我，我多么期待，哪怕只有一条青背白肚鲫鱼，落入我的网中，在网中弹跳，它流着南白荡的泪水，面向着南白荡，忏悔——不该有那么强的好奇心。

河豚公子如是说

十多年前,我在江南的一个小镇,招待一位来自北京的领导朋友。招待的餐厅尽管高档,却因为没有领导朋友心心念念的河豚,只有一种他连名字也没有见过的鲃肺汤可供应,所以领导朋友有点失落,甚或是不屑。鲃肺汤是这个镇的名菜,家家餐馆力推此汤,名菜恰如名片,经营河豚显然不合时宜。况且,一方面因为河豚有毒,拼死吃河豚需要勇气,客人不提,主人绝不敢上河豚,这是个约定俗成的规矩;另一方面,在我的心目中,河豚与鲃鱼一个鸟样,味道没啥区别,河豚又贵得离谱。再说,这店里也确实没有河豚可吃。

于是,我趁着上菜前的间隙,给领导朋友讲了一个故事。

我说——

很久以前,准确地说,是在一二百年前,一条极具威仪、气度不凡的河豚（由于其风度翩翩，帅美若世家公子，更由于不清楚其职务与级别，故称其为河豚公子），在一个由所有鱼儿参加的大会上郑重宣布：如果没有河豚，那就不可能有鲃鱼。其声铿锵。

它强调指出：毋庸置疑，河豚是鲃鱼的恩鱼，是鲃鱼的救星。正是河豚，救鲃鱼于汤镬之中！

闻听此言，主席台下的鱼儿为之愕然，鲃鱼更甚。渐渐，议论声起，进而喧哗。河豚公子见此情形，挥了挥双鳍，接着又重重地清了清嗓子，然后用不疾不徐的语速继续讲着：当前的形势告诉我们，所有鲃鱼都已到了生死存亡的境地，就是说鲃鱼一族面临着灭绝的危险也不过分。

河豚公子的脸实诚无比，它说：我这不是危言耸听，一点也不夸张。因为，眼下，在江南的一个乡镇上，不管是有钱的人们，还是没多少钱的人们，都以品味鲃肺汤为时尚。

河豚公子全面展开来说，特别需要指出的是，这些人连鲃鱼的肝都不认识，甚至连鲃鱼有没有肺都不知道，就直接将鲃鱼做成的汤命名为鲃肺汤。他们将鲃鱼活活开膛剖肚，掏出并撇去肚肠，留下鲃鱼肝，一起洗净后，加入火腿、香菇、笋片,添上小野葱、大蒜、生姜,再倒上料酒,用上等的桑枝作柴火,然后以某种特殊的用火方式烧煮成汤。这种美其名曰的鲃肺汤,甜润中散发着淡淡的清香,鲜爽无比。而那一块鲃鱼肝,色呈微褐,肥美嫩滑,入口即雾化,弥散在牙舌与心神之间。

因此你瞧,所有吃过鲃肺汤的食客无不砸吧嘴,一个劲地夸奖鲃肺汤的鲜美。所有美食家一致认为,鲃肺汤的鲜美,非鲫鱼、鳜鱼、白鱼、鲈鱼、昂刺鱼等可比,可以说在江河湖荡里无鱼可及。远道而来、吃惯了牛羊肉的贵客,从此爱上江南,在小镇留连忘返。画画的、写诗的、填词的,各擅所长,神魂颠倒地赞美鲃肺汤的味道。小镇酒馆里喝酒的人,一边喝着黄酒,一边喝着鲃肺汤,把听到的小曲都啜成了回味悠长的酒话,直到梦呓……

有一个顶级名人特地为此赶来,在品尝了美味之后,来了一句朴实无华的话:名不虚传,果然名不虚传!他抚掌而笑,并不掩饰内心的激动,对着接待他的下级官员说,真是吃了还想吃,还想吃,实在令人难以忘怀。

由此,品尝鲃鱼汤这种风气,已经从这个太湖边的小镇,

河豚公子脸色凝重，忧心忡忡。

迅速蔓延到江南的其它乡镇，渐渐演变成了一种全民品尝鲃肺汤的趋势，十分危险。鲃鱼朋友，亲爱的鲃鱼朋友们，当下，水乡招待客人，主人如果不上三道鲃肺汤，就是说客人还不够尊贵……

说到此，河豚公子脸色凝重，忧心忡忡。它慷慨激昂：人类攀名逐味，却要牺牲鲃鱼，这是多么不公平的事情！接着，它带着痛惜悲悯的语调说，照此下去，要不了多久，所有的鲃鱼都将毁于人类贪婪的大口。毋需多言，长久下去，国将不国，鲃将不鲃！

全场寂静。

在鲃鱼之外的鱼中传来了叹息声，一条胆小的鲃鱼率先紧张地抽泣起来。

各位鲃鱼，各位鱼兄鱼弟，千万不可认为这仅仅是鲃鱼一家的事，这是所有鱼兄鱼弟们的事。吃光了鲃鱼，他们就会把目光投向其他。总之，人类是我们最大的敌人！

各位鲃鱼，各位鱼兄鱼弟，在鲃鱼生死存亡的关键时刻，为鲃鱼一族扭转这一局面的，就是我们河豚。我们河豚挺身而出，振臂一呼，与鲃鱼紧密团结在一起。我们利用河豚、鲍鱼高度相像且河豚有剧毒这一有利条件，利用人类贪吃河豚又怕死这一特性，与其斗智斗勇，并且成功地阻止了人们嗜吃鲍鱼这一邪恶欲望的蔓延！河豚公子沉郁且激昂地说，为此，我们也献出无数河豚的生命。

不知道哪一条鱼鼓起了掌，瞬间全场响起了雷鸣般的掌声。刚才那条抽泣的鲍鱼激动地高呼，河豚十年，不，河豚百岁！河豚百百岁！

紧接着，河豚公子话风一转。它强调，当前有一种错误的思想，特别是有一些鲍鱼之外的小杂鱼认为，人们的眼睛雪亮，特别是有经验的渔民，捕鱼捞鱼几十年，应该不会分不清河豚与鲍鱼。鲍鱼生存状态的改变，与河豚的关系并不那么密切。河豚对于自身重要性的强调已经到了厚颜无耻的地步。河豚之所以如此说，是为了收买鱼心，在鱼的世界里拉帮结派。

河豚公子说，这些都是非常错误的观点。他们不知道，人的世界，充斥着欲令智昏、利令智昏。人们果然能分辨出河豚与鲍鱼的区别，但不排除人们为了利益故意以河豚冒充鲍鱼，而河豚之毒又客观上吓倒了饕餮之徒。河豚与鲍鱼紧密团结在一起,就是让贪婪的人在口腹欲望中增加犯错的概率,从而达到河豚为鲍鱼勇于献身的本心。河豚的精神无疑是宝贵的,无疑是值得尊重的,任何的怀疑都是对河豚的一种亵渎。

又有鲍鱼带头鼓掌,主席台下掌声雷动,河水激越,宛如开水沸腾一般。

见此,河豚公子又强调指出:还有一些鲍鱼错误地认为,鲍鱼只要从江河湖荡游入海中,到海里边历练一番,品一些咸水,尝一下海藻,在泥沙之中跳跃,在珊瑚洞穴之间穿梭一番,就能在回到江河湖荡时摇身一变,变成人类闻风丧胆的河豚。我告诉你们,这是不可能的,河豚就是河豚,鲍鱼即是鲍鱼,鲍鱼是永远不可能变成河豚的。

上菜的时候,我说,河豚公子大声疾呼,团结就是力量,所有鱼儿,特别是全体鲍鱼,一定要紧紧团结在河豚周围,只有这样才能让鲍鱼世世代代生活下去!

领导朋友笑了,说,很好,很好,非常好!他喝了一口鲍肺汤,又喝了一口鲍肺汤;汤味鲜爽嫩滑,他抿在嘴里不忍下咽,脸上的怡然表情恰如一百多年前的古人。久久,他张开嘴,说,真他妈的好!我看了他一眼,想搞明白,他是在表扬我故事讲得好,还是在说这鲃肺汤做得好!

需要补充说一下的是,那天我给领导朋友上了三盏鲃肺汤。并且我告诉他,小时候我在吴江老家的龙泾江与南白荡,在月色融融的夜里,挥起竹篙拍打水面,一路拍打过去,总会见到鲃鱼与河豚,一先一后,鼓胀着白色且毛糙的肚子从水里浮出。以我愚见,河豚的憨态远超鲃鱼,拥有无法形容的可爱。

当然,我还告诉领导朋友,苏东坡的诗"蒌蒿满地芦芽短,正是河豚欲上时"里的河豚,极有可能是鲃鱼,因为,鲃鱼像极了河豚,诗人也有搞错的时候。

鳑鲏力力上任记

鳑鲏力力被上级任命为南白荡地区负责鱼的第二周，主持召开了鳊鱼特特诞辰一百周年纪念大会。

特特是谁？谁是特特？会场上出现一阵骚动。所有与会代表都瞪大眼睛，伸长脖子，露出一脸茫然的神色，且都在发问：特特是何方神圣？也有代表说，什么，都一百年了，那是好久好久以前呐！

确实，一条鳊鱼，存世最多不过十年，因而一百年在鱼类世界中的历史不可谓不长。因此，纪念这样一条诞辰一百周年且众鱼多不闻名的鳊鱼，那么久远，那么陌生，那么突然，这就难免不令所有的鱼儿心生困惑。

就在一周前，在由贵族的鲤鱼、白鱼、鲈鱼、鳜鱼，普通鱼族的鲫鱼、鳘鲦、鲢鱼、鳙鱼，特别鱼族的鳗鱼、黄鳝、泥鳅等等参加的大会上，鳑鲏力力出乎意料地被任命为南白荡地区的负责鱼。说实在的，力力的提拔让众鱼大跌眼镜，这一周来此事一直都是众鱼私下议论的话题。

譬如，热爱鲤鱼的鱼们说，鲤鱼跳龙门，代表希望，鲤鱼做领导非常合适。鳑鲏算个啥，一点儿都不具寓意，一小抹的淡粉色，除浅薄与色性的联想外，哪有鲤鱼通体大红的喜庆？！

喜欢白鱼的鱼们说，白鱼逆水捷进，代表强健，代表进取，这样的精气神，充分说明白鱼做领导非常合适。而反观鳑鲏，充其量只是会跳个舞，吸引好色鱼们的眼球。它们认为，舞姿翩跹既不能当饭吃，更不会带领众鱼日有鱼食，奔向自由！

钟情鲈鱼的鱼们则说，鲈鱼代表智慧，莼鲈堪脍，流传了上千年，至今让人念念不忘，如果鲈鱼做领导，明显有利于树立本地区的品牌形象，从而平息几十年来人们关于鲈鱼在哪的争论。鳑鲏出身卑贱，终日在河桥石及水草丛里苟且偷生，又岂能担当南白荡地区负责鱼这一重任！

属意鳗鱼的，首重鱼的圆润；关心黑鱼的，推崇其的厚重；推荐鲫鱼的，认可鱼的团结；相信鲢鱼的，看中其经常

鱼的世界与人类社会一样，也充满了庸俗与绯闻。

难得糊涂……而鳜鱼，群众基础差，讲话大嘴巴，斜着眼睛看鱼，当个小鱼头后常摆架子，官小威大，所以没有鱼群众替它打抱不平。然而即便是这些鱼群众，在不认可鳜鱼的情况下，也并不认同鳑鲏力力的上任。

鱼的世界与人类社会一样，也充满了庸俗与绯闻。一周来，相当多的鱼儿致力于研究鳑鲏力力的关系与背景。它们通过道听途说取得的研究成果五花八门，不一而足，大体上分为几种：一是鳑鲏力力有一个亲戚在太湖流域当大官，亲戚关照，故有所升；二是有一个开会时认识的情鱼，现在在上级鱼组织部里是实力派，打了招呼，区里不得不考虑；三是祖上的荫德，若干若干年前，鳑鲏力力的祖先救过现在当领导的祖先的命，所以现在提拔力力是恩恩相酬；四是确实如上级领导来宣布的那样，鳑鲏力力立场坚定，思想单纯，能力全面，素质较好，长期在南白荡地区工作，扎根基层，任劳任怨，是基层脱颖而出的好干部。当然，还有不少猜测，纯系捕风捉影，情节十分离谱，因而实在没有必要列举。

新官上任三把火。因此，除了猜测鳑鲏力力的关系、不认同它的上任外，很多鱼还在关注它上任后烧几把火，怎么烧火。今天，鳊鲅力力的突然出手，让所有鱼儿大吃一惊，哇，在这么狭小的体腔里，鳊鲅力力居然能祭出一种神秘的、难以捉摸的举措，像祭出利器一般，带着力道，带着飘忽，瞬间令鱼们变得看不懂。会议重要得不可思议，没有政治头脑一定不明就里。一些有觉悟的鱼说，强，厉害，有一套，手法高明，四两拨千金……不得不服！不得不服！

在纪念大会上，力力回顾并指出，鳊鱼特特是南白荡地区游动的先驱者，长期以来深入静水，调查研究，认真贯彻落实上级鱼类的方针政策，积极研究和宣传南白荡地区的鱼类经济社会发展理论，提出南白荡地区鱼类必须和谐相处的重要途径，既为上级鱼类的决策提供正确的信息，在很多决策中起到积极重要的作用，同时，又团结鱼众，终生践行全心全意为南白荡地区鱼儿服务的宗旨，思想教育工作具有超越古今的说服力，至今在南白荡地区无鱼可超，无鱼可及！

力力强调，特特是先驱，是前辈，是伟鱼。作为南白荡地区的一座丰碑，特特的光芒至今仍然照耀着我们前进的脚步，引领着我们上升的方向。特特的思想，是我们南白荡地区最最宝贵、亟待弘扬的精神财富！

力力诚恳指出，今天我们重温特特的光辉事迹，目的是希望所有鱼儿都要向特特学习，把特特作为榜样，以身作则，奋勇争先，通过解放思想，不断开拓创新，努力为开创南白荡地区鱼界工作新局面作出贡献！

最后，力力用虽然轻柔却不失坚定庄重的语调号召大家，沿着特特开创的道路奋勇前进！

在力力的深情叙述下，鱼们眼前仿佛都浮现这样一条鳊鱼的形象：憨厚、仁慈、质朴、坚定，眼神明亮而且透出智慧，从中可以读到它负有的对鱼众的神圣责任；它肩背宽厚，腹大肉多，充分体现了一个地方负责鱼的气派，在它厚重的嘴唇及两颊上，鱼们感受到的是踏实、稳重、可靠及温暖！在河道壅塞、水草疯长、泥沙不断挤占鱼类生存空间的那个年代，这条鳊鱼的出现使得鱼们看到了希望。不用说，鳊鱼特特正如它的名字一样，是一条少有的伟鱼，是一条值得纪念的好鱼。现在，同样明亮、智慧的眼神在鳑鲏力力的眼中闪烁，希望再次冉冉升起。鳑鲏力力仿佛以无言提示大家，鳑鲏力力是缩小版的鳊鱼特特。

全场都在思考，鸦雀无声。在寂静中，鳑鲏力力用坚定的、威严的眼神自前向后，逼视全场。前排的鲤鱼愣了一下，开始带头鼓掌，紧接着是白鱼、鲈鱼、鳜鱼，再接着是黑鱼、鳌鲦、鲢鱼、鳙鱼、昂刺鱼、鲫鱼、草鱼、青鱼、鳗鱼、河豚鱼、鲃鱼……一齐鼓掌。在它眼神所到之处，稀稀落落的掌声瞬间热烈，响彻云霄。大批的鳑鲏鱼在会场边上跳起舞来，轻盈曼妙，而与鳑鲏关系一向不错的鳌鲦齐声欢呼，菜花鱼打起鼓，特特的后代鳊鱼们脸冒荣光，兴高采烈地加入快乐的队伍。气氛越来越喜庆，如同节日举行盛大的庆祝活动一样！

散会时，大柳树下的黑鱼对白鱼说，南白荡地区一个新的历史时代已经到来，唱主角的将不再是你们白鱼，至少不仅仅是白鱼了。你以后游得慢点，也不必常去中流击水。你可明白？

鲈鱼步出会场时，怅然若失，心中想道，莼鲈堪脍作为一种记忆将很快消失，雪里蕻烧鳑鲏很快就要登堂入室，人们喝着酒，以品尝雪里蕻烧鳑鲏为荣，由鳑鲏开启的幸福滋味地久天长。与鲈鱼有同样想法的是鲃鱼、河豚，若干年后人们再也想不起鲃肺汤、秧草河豚为何物，雪里蕻烧鳑鲏将一统天下。

至于鲤鱼，心里想的，不再是去跳龙门，它的脑海里浮现出三白荡、元荡、淀山湖那些个地方亲戚模糊的脸庞，怀想上一次与它们见面是在哪一年。红色固然喜庆，但结合跳龙门的历史，这些都极有可能成为沉重负担。它后悔，平时与亲戚来往较少，但后悔又有什么用。

只有闯过码头、见过世面的老甲鱼，轻闭双眼，神游体外。他知道，鳑鲏出水三分钟，肝胆俱裂，肚肠自烂，这形象实在不能往伟岸上靠。但是古人为何叫其鳑鲏，使其读起来文雅响亮，难道还有什么其他讲究？它反复且轻声念着"鳑鲏"两字，同时伸出一只爪子，在沙地里反复划着，划着。鳑者，鱼类中最能旁征博引的鱼？鲏者，鱼类中最显皮性的鱼？鳑鲏力力，或许仅从字面意义上预测，将会成为南白荡地区最有才华的鱼领导？

几天后，根据鳑鲏力力的倡议，所有鱼儿一致通过决议，在南白荡边上为鳊鱼特特树立一尊塑像，大小与人们在扬中的长江边所看到的河豚差不多。当然，这大小是由鱼眼看出来的，岸上的人们从来没有见过。就人来说，他们不关心雕塑有无及雕塑大小，他们只知道，无论鱼大鱼小，鱼类中只有鳊鱼的头肉多且肥，如猪头一般，旮旮旯旯，能仔仔细细地吃上好一阵子；而且，鳊鱼的嘴唇特别好吃，属于活肉中最为轻巧的活肉，冷冻之后滋味尤其鲜嫩飘柔。由于这活肉本就凝结着引经据典、旁征博引，因此实在难以用语言来形容其鲜美！

游荡二千多年的鳘鲦

时光匆匆,担任南白荡地区负责鱼一年后,螃鲅力力顺利转正。正如她在试用期满的总结中所说,在上级鱼领导的关心指导下,在所有鱼众的鼎力支持下,在隔壁荡鱼的无私帮助下,她经过努力奋斗,勤奋工作,带领南白荡鱼界取得了进步发展,南白荡呈现出一派安定祥和、鱼生快乐的大好景象!

不过,螃鲅力力私下里也发牢骚,抱怨工作开展难。譬如说,黑鱼不知为何始终黑着一张脸;白鱼虽不再去中流击水,但一看到她就躲得远远的;金丝鲈鱼见她的眼神则是躲躲闪闪的;鲤鱼表现得玩世不恭,仿佛对她上任及上任以来的所作所为,在骨子里就不以为然;而老甲鱼在她面前,则假装在进行哲学思考。

她感慨地说，还是鳑鲏兄弟姐妹好，每天都在围绕着她跳舞唱歌，在春夏秋冬的湖水里以鳞光闪闪折射她美丽的神采，从而使得南白荡的世界多姿多彩！

当然，穿条也是很不错的。在一年前的大会上，首先对她上任表达欢乐的就有穿条。在平时，穿条以卑微的姿态随侍左右，十分殷勤。但穿条的问题在于事多，时不时会找点事搭车，让她不知如何是好。不理吧，伤穿条的心，理吧，容易招闲话。这不，说曹操，曹操就到。一条读了三年书的穿条鱼来了。

鳑鲏力力不耐烦地说："你来，有什么事吗？"

这条穿条鱼谦卑小心地回答道："力力领导，有的，有的。是这样子的，昨天，我们南白荡的穿条鱼部收到一封邀请函，濠水之滨的鳌鲦协会组织了一个纪念《庄子与惠子游于濠梁之上》辩论2343周年的大会，邀请江淮间的鳌鲦前往研讨。大会的规模据说超级，不光有重要领导出席，还邀请了海外专家学者。本次会议能邀请我们南白荡地区的鳌鲦参会，完全是您力力领导领导得好，领导得好！"

"什么乱七八糟的？我怎么从来没有听说这个事！"鳑

鲅力力说。

"是这样的"，那条穿条鱼更加小心地解释，"我们也是在收到请柬的时候才知道，我们还有一个古朴文雅的大名叫鲦鲦。我们平日里叫的穿条，其实只是我们的俗名、土名、贱名。不光如此，我们第一次知道，我们祖先也曾经有过一段高光时刻……"

那条穿条鱼继续说，那是在2343年前，或许更早，他们的一群鲦鲦祖先，正在北方的濠水里游荡。而正在此时，桥上有两人正在你一句我一句地说着什么。其中留着花白胡子的人说："鲦鲦鱼在河水中游得多么悠闲自得，这是鱼的快乐啊。"而另一个下巴尖尖的人却反诘道："你又不是鱼，哪里知道鱼是快乐的呢？"花白胡子道："你又不是我，怎么知道我不知道鱼儿是快乐的呢？"尖下巴回答说："我不是你，固然就不知道你的想法；你本来就不是鱼，你不知道鱼的快乐，这是可以完全确定的。"花白胡子说："请你回归最开始的设定，你说：'你哪里知道鱼快乐'这句话，就说明你很清楚我知道，所以才来问我是从哪里知道的。现在我告诉你，我是在濠水的桥上知道的。"

鳑鲏力力像是听明白，又像是没听明白。过了一会儿，大叫一声说："你继续往下说！"

那条穿条鱼说："好，我们的这群鲦鲦祖先慢慢地听明白了，原来这两个人面红耳赤、争锋相对所探讨的，不是他们两个人的事情，却是这群在水中游荡的鲦鲦鱼是否快乐的问题。鲦鲦祖先们心想，这俩人真是他妈的吃饱了撑的。他们难道真的不知道，作为鱼界中没有地位、上不了餐桌的鲦鲦，整天不都在为生计奔波忙碌？若非日出西边，否则不会有停下脚步看看风景、四处悠游，并且体会一下什么叫快乐的鲦鲦。唉，像这两个书呆子所说的快乐的鲦鲦，濠水中没有，江南的湖荡中也没有哇！"

那条穿条鱼看了一下鳑鲏力力的眼色，接着往下说："过了好久，濠水的鲦鲦才知道，那天在濠梁之上你问我答的两个人，一个是大名鼎鼎的庄子，另一个是鼎鼎大名的惠子。"

"由此，鲦鲦祖先们突然感觉，自己是所有鱼类中唯一见过庄子、惠子的鱼。鱼由人而贵，由贵人而更贵。在水中游动，仰望木桥上的伟人，让鲦鲦祖先及其后代心生自豪——我们，曾经参与了一场超级智慧的对话，切入了一段被人类永远铭记的历史。鲦鲦，鲦鲦，因为参与了思想建设而粲然，所以是真正的名实相符。也因为这一段对话，我们鲦鲦从此拥有了超越时空的研究价值。"

这条穿条鱼说："这价值仿佛等同于用鲦鲦、咸菜、花生米做成的小鱼冻，需要小口吃，细细地剔除那些刺，然后就着美酒，慢慢地品鉴，不停地回味。"

那条穿条鱼昂起头，用控制不住的激动心情说："我认为，经过这次会议，渔夫用稻草穿过我们的腮帮，将我们穿成一串的时代过去了。用我们喂鸭子，一条接一条穿过鸭子的扁嘴，滑腻腻给鸭子的食道增添快感的时代过去了。把我们用粗盐腌制晒干，以备南白荡沿岸百姓荒年充腹的时代也过去了。"

螃鲅力力不知可否地"唔"了一声。

"但是，"这条穿条鱼说，"最近有一群白鱼在研究，他们认为，以鲦鲦乱窜的姿态来说，根本激发不了庄子与惠子的灵感；没有灵感，又如何让他们展开这样有'深度'的对话。一条白鱼甚至通过大数据建立模型，分析得出白鱼在水里看上去就是大号的鲦鲦，俩人误将白鱼当作鲦鲦的可能性高达98%。因此，他们认定，这一定是一群白鱼，在濠水之中逐梦穿行，或疾或徐，以游弋展示之诗性引发两位哲人经典思辨。"

"更可笑的是鲴鱼，居然也要来插一脚，说什么庄子、惠子眼神不好，以他们当年的年龄，未必不是老花。因此，凭他们的目力，看到的极有可能是鲴鱼。鲴鱼游弋逡巡，不像白鱼那么迅捷，体型又远胜鳘鲦，在水中一目了然。而且，鲴鱼的泳姿优美放松，能给人带来无限的想象，能激发人们对鲴鱼美好生活的关注。

"有鲴鱼学者前去实地考察，并结合文史资料，在核心期刊上发表一篇论文，引经据典，所论证的主要观点是：当时参与思想论辩的当属鲴鱼。"这条穿条鱼补充说。

这条穿条鱼十分气愤，慷慨激昂、义愤填膺："白鱼厚颜无耻，书上都写着是鲦，白纸黑字，难道还有错？！而鲴鱼，简直就是指鹿为马，颠倒是非。"

"因此，我们一定要去参加会议，告诉那些白鱼、鲴鱼，历史不容篡改，我们鳘鲦有足够的自信，也有足够的能力证明，庄子惠子所见之鱼，即是我们鳘鲦。"

虽然看不上这条读了三年书的穿条鱼，看不顺眼它脸上慢慢浮现的自信，但鳑鲏力力还是用她一年来的官场修为，忍住了，不露出一丝不屑。在她的心里，勾连起一年前自己在纪念鳊鱼特特大会上的讲话，那时，自己的表情也许与眼前的这条鳌鲦十分相像。鳑鲏毕竟纪念的是鳊鱼，鳌鲦却是为祖先正名，为自己游荡了二千多年正名。

想到这里，鳑鲏力力就说："好，说得好，我带着你们一起参加会议，表达我们鳑鲏对鳌鲦的支持。"最后，力力喃喃自语，谁让鳑鲏与鳌鲦是一家呢。

打飞腮盖的鲫鱼

三个月前，我在吴江莘塔的一个鱼塘钓鱼，钩上来一条十分奇特的鲫鱼，一边的腮帮子十分肿大，腮盖已经不在，露出了粉色的鱼鳃，看着有点瘆怪。

当时，满塘都是钓鱼者，一个个，三五米间隔，握着手竿，两眼死盯着塘中水面上的浮标。

那天的风很调皮，不按规矩出牌，一会儿向北吹，一会儿向西吹，有时居然顺时针、逆时针地旋转着吹。水面随风起舞，或涟漪，或小浪，间或回旋、涌荡。总之，在这样的情况下鱼不太好钓。

先前来的人告诉我，我对面的胖子，一个多小时还没有起过竿。而我瞧边上的那位，显然是失去了信心，直接将竿撂水里撞运气，自己刷抖音看视频。

这条鲫鱼会说人话，它的小嘴巴一张一合，可能是因为嘴边刚刚被钩拉伤，它的声音听起来有点漏风。

我到得迟，所以，当下钩后不久即钓上来一条鱼时，我就有一种莫名的兴奋。然而，起钩见到这条鱼的模样时，我立刻就惊奇不已。

这鱼是怎么了？

我仔细察看，判断此鱼的腮盖不太像是被钓钩掀掉的。同时，看上去也不太像是被其他鱼咬掉的。因为老板说，塘里放养的都是鲫鱼，没有以鱼为食的鱼。

那么，到底是什么情况，令此鱼变成这副模样的呢？

我对大利说，你过来看看，看这条鱼，看它的腮帮子。大利是百科全书式的人物，上知天文，下知地理，大到宇宙，小到病毒，专业会计，又懂职业教育培训、酒类营销，各种稀奇古怪、刁钻促狭的问题都难不倒他。他认真地看了看，然后认真地摇了摇头，含含糊糊地说不知道。见他这样，我心中想笑，想不到百科全书缺一个角。于是我心中窃喜，又对大利说，这鱼面相甚恶，吃起来心里有障碍，不如把它放回塘里吧！

大利这回倒说得干脆，我看行！

然而，话音未落，就听到一个细细的声音焦急地说道，不可，千万不可！我宁肯死于油锅，也不愿再回鱼塘！

嗨，原来这条鲫鱼会说人话，它的小嘴巴一张一合，声音就传来了。可能是因为嘴边刚刚被钩拉伤，所以它的声音听起来有点漏风。于是我和大利问它，为什么宁死也不回鱼塘？

那鲫鱼回答道，你们两位应该也看到了，我的半边脸、半个腮帮，都被打飞了！

大利继续问道，哦，谁打你的，怎么打飞的？

闻听此言，那条鲫鱼满脸辛酸、满腹委屈、左顾右盼地哽咽着说起来。

原来有一天早上，这条鲫鱼在塘底发现半条蚯蚓，正愁早餐没有着落的它便忘情地吃了起来，却没有瞧见这塘里级别最高的鲫鱼经过。于是，这条鲫鱼被级别最高的鲫鱼狠狠地扇了一记耳光。级别最高的鲫鱼骂道，不长眼的东西，你是谁啊，你有什么资格吃这半条蚯蚓！弟兄们，来，把这不识相的东西给我轰远一点！

此鲫鱼说，我的半边腮帮子就是这样被打飞的。至今想起来，我心有余悸，常常心动过速，时不时做噩梦，痛不欲生！

你们把我放回鱼塘，还不是让我走回绝路，更何况我的半边腮帮已经不在，生不如死！你们不如把我红烧或者煎汤，当作下酒菜。总之，希望你们认真研究，千万不可把我放回鱼塘。

我对大利说，听听，它用的可是领导干部的语气，认真研究，看样子，这条鱼也是一条级别不小的领导干部鱼呐。因此，这是最高级别的鲫鱼打了下一级干部鲫鱼的耳光，属于吃瓜群众鱼们最喜欢打听与传播的东西，太刺激，太过瘾！

我接着问，你领导打你耳光，你怎么就没有想到当场打回来，这是你的鱼权，受充分的法律保障。如果你打回来，那么情况可能就不会一样了。

此鲫鱼嚅嚅道，我，我不敢，我敢吗？我真能打吗？

我随之沉默，不置一词。

见我态度暧昧，大利就对鲫鱼说，我们一定要认真研究，认真分析，在充分考量形势发展、听取各方意见的基础上，再决定是否送你回鱼塘。

大利随手将此鲫鱼送入了小提水桶。

大利请示我，怎么处置此鲫鱼？

我站在堤岸上高屋建瓴地指出，要充分认识，并认真分析，这一记耳光对今后鲫鱼塘官场生态的影响。

随后，我又强调指出，高级别的鲫鱼领导用耳光解决问题，是工作能力不足的表现，也是修为不够的象征。事实上，还是有很多办法可以解决问题的，在古书中随手就可抓出一大把。多读古书才是正道。

然后，我又特别强调，一条不看上级领导脸色的鲫鱼，即使当上了一定级别的干部，其作用也是极其有限的。即使在清水里养上几年，其肉也不会鲜美到哪里，其汤也很难达到洁白如乳的状态，相反，还极有可能充斥着土腥味。

最后，我意味深长地说，如果把这条鲫鱼放回去，那么它极有可能会把耳光打回来。大利，请你把它放下去，也许过个十分钟二十分钟，整个鱼塘就会响起一记清脆的耳光声。

大利说，好的。

我们俩坐在堤岸上，点了一支烟，默默地抽着，并侧耳倾听。

果然，约莫过了十五分钟，水里传来了一记清脆的耳光声。

但出乎我们意料的是，鱼塘紧接着响起了无数声的耳光，噼里啪啦,噼里啪啦。此起彼伏,如同大会场鼓掌。

大利说,咦,这是什么情况?怎么会有这么多耳光?

再看,水面涌起若干水柱,一簇簇向着青天。塘水激越沸反,其情状无以形容。

吴越两国螃蟹的旧事

分湖在吴江是一个特别的湖。

这个湖不同于众多湖荡,它曾是吴国与越国漫长分界线的一部分。湖之南,是越国的天下;湖之北,则是吴国的地盘。一湖分两国,分湖由此而得名。

与其他湖荡不同的地方,除了有众多的神话传说外,还有分湖的形状,细细长长,宛如美人的瑞凤眼,清澈纯净。分湖水草丰茂。在这湖里长大的螃蟹,得湖之灵性,只只青背白肚,金爪黄毛,两钳张开伸直,再加上八足挺立,显得气宇轩昂,威风凛凛,如同将军。

更有意思的是,分湖螃蟹的世界,与人的世界没有区别。尽管它们喝的是同样的水,吃的是同样的水草,吐出来的是同样的气泡,甚至连昂着头走路的步态都差不离,但湖南湖北的螃蟹，却各自以有越有吴为荣。蟹分两国，双方很少越界，这样的理念至深，毫不可撼。当然，一湖之蟹，更不可能谈情说爱。谈情说爱惹是非。因此，分湖之北的吴国螃蟹，绝少去分湖之南撒野，而扛着越国大旗的螃蟹，根本不会生出去吴国蹓跶的念想。分湖两岸，吴国越国的边界，一派祥和安定。

但是，这样的和平宁静，在一个春夏之交的夜晚被打破了。

故事在分湖即将上演。

那天，天气燠热，无风。残月与星星之光，微微照亮了分湖微波不起的水面。

晚九十点钟时，分湖南岸的稻田里，突然涌出无数的螃蟹，它们借着夜色，连绵不绝地越过堤岸，进入分湖，并且一批批在穿过分湖之后，悄无声息地爬上了北岸，在各个圩头集结。

在北岸圩头完成集结后，无数的螃蟹深情挥别分湖，像大军出征那样，排成了无数个纵队，开始沿着稻田迤逦而行。这时候，每一只螃蟹的脸都朝着东方，都拥有一副担当责任使命的神情。你看，无数的蟹爪起起落落，所有的步伐整齐划一，那些铁甲般坚硬的身躯及高高举起的大钳，无不折射出所向披靡的威武雄壮。就连那两只小小的、不成比例的眼睛，也充满着庄严神圣的光亮。

这么多的螃蟹离开越国，大举进入吴国，所为何来？

一只正在吃虫子的吴国螃蟹，见这阵势，便好奇地前来探问。

越国的螃蟹回答道，我们这是奉将军的命令，前去吴国的都城朝拜，去瞻仰你们吴王的神采。自从打败了我们越王后，你们吴王的威仪与伟大，就像正午太阳的熠熠光辉，遍照大地，必须仰望！吼吼哈哈！

威仪伟大，熠熠光辉，遍照大地，必须仰望！吼吼哈哈！这只吴国的螃蟹复述念叨。

接着，它想，确是的，吴王的神采应当而且必须仰望。传说当初，吴王凯旋，来到太湖之上的时候，成群结队的白鱼赶来，在战船边仰望他挥剑前指的神采。白鱼之后是鳊鱼、银鱼，接着是红色的激浪鱼与红色的鲤鱼，然后是各种各样的杂鱼，组成了一个多么庞大的欢迎队伍。所有的鱼，用同样的热情，用同样的眼神，用同样的节奏，一齐仰望，齐声欢呼。

那规模宏大，那场面壮观，至今一想起，仍让没有见到吴王的那些鱼们以及鱼们的后代，心情激动，回忆不已，赞叹不已。

这只吴国螃蟹心中想，事到如今，我堂堂吴王，神采依旧飞扬，当真了不得。这一队又一队的越国螃蟹，居然还有当初各种鱼的思想。为前去仰望这了不得的神采，不嫌前路坎坷，冒着生命危险，昼夜兼程。

吴国的螃蟹当即心生愧疚，也心生疑惑。于是它想出一个主意，毅然决意不吃虫子，也要跟随这越国的蟹队，作为一个旁观者，去见证朝拜吴王的盛大规模。它挥舞着一双大钳，迈出轻盈的碎步，雄赳赳地跟在越国螃蟹的后面，一步步朝着心中的吴国圣地前进。

走着走着，天亮快了。借着晨光，这只吴国螃蟹才发觉，原来越国长长的螃蟹队伍已经不见，唯一的越国螃蟹，也以一种特殊的表情望着它。

"咦，怎么就我们两个了？"吴国螃蟹问。

那越国螃蟹没有好气地对吴国螃蟹说，如果不是你老跟在我后面，我也早就进稻田休息了。唉，爬了一个整晚，好累。

越国螃蟹然后转过身子，端详着吴国螃蟹，说，你这只吴国的螃蟹真蠢，你难道到现在都没有发觉，我们这是肩负着伟大责任，来完成一个全新使命？现在告诉你已经不算什么泄密。越王卧薪尝胆，国力日渐强盛，春节时候策划攻打吴国，但将军不同意。将军建议，派我们螃蟹在这个季节出动，借着朝拜的名义，破坏你们的水稻生产。哈，再过几天，我们所有的螃蟹，将咬烂你们吴国所有的水稻，到秋天你们将颗粒无收。等到我们越国螃蟹在你们吴国吃饱喝足，前往大海的时候，你们吴国将在我们越国的刀剑戈矛之下覆灭。

说到这里，这越国的螃蟹激动地挥舞起双钳，像一个胜利者一般，一点都没有顾及失败者的感受。

吴国螃蟹听了，慢吞吞地说，啊，是这个样子的啊。吴国的水稻被你们咬烂了，吴国人吃不上米饭了，那你们还能从江河顺利游回大海，功成身退？也许你们会想，游不回大海，我们总可以回到越国去吧。是的，你们固然可以荣归越国，但我们吴国的螃蟹也听说，吴王灭了越国凯旋时，桌上庆功所摆的鱼虾，可都是吴国的鱼虾。当年那些围着吴王战船的白鱼、鳊鱼、银鱼、激浪鱼、鲤鱼，各种各样的杂鱼，刚刚还在以喜悦的心情欢迎吴王的胜利归来，仰望他伟人一般的神采，忽一会儿就被拽进拖网，分批落入船舱，成为他与他的将士的美味佳鲜。你能保证，你回去以后就不会被煮熟，然后红彤彤地摆在越王的桌上？

吴国螃蟹接着对越国螃蟹说，你能想象那些鱼在荣耀与虚幻之中，在船舱的浅水之中，慢慢失去呼吸的感觉？我告诉你，越国螃蟹兄弟，吴国产大瓮、大缸、大甏，吴国人没有饭吃时，一定会用鱼簖、粪绳、扳罾、灯照、掏洞，将你们越国的螃蟹捉到，把你们放进瓮里、缸里、甏里，在底下铺上烂泥，喂你们吃秕籽与砻糠，然后每天捞出一两只，煮熟了充饥。面对不能确定的死亡，慢慢烧煮的煎熬，我不知道你的心中会有什么样的念想？

越国螃蟹想了想，觉得吴国螃蟹说得很有道理。它对吴国螃蟹说，兄弟，听你这么一说，你是对的，看样子，不是你们吴国螃蟹蠢，而是我们越国螃蟹蠢。人的事让高等的人去处理；越国领导的事，让越国领导自己去处理，与我们低等的螃蟹有什么关系！低等的螃蟹替高等的人去操心，去奔走，去思考，真是可笑！

为了表示自己的真心，越国螃蟹撇断了自己的一只钳子。吴国螃蟹见此，二话不说，也撇掉了一钳。它们各自用剩下的一钳碰了碰，如同人击掌一样，发出了金属般铿锵的声音，表达了同心结拜成为兄弟的意愿。

后来，这两只螃蟹回到了分湖，住在分湖两岸。快到中秋的时候，那撇掉的钳子重新长出，只是比从前的明显要小。有意思的是，它俩此后在分湖繁衍的后代，一钳大，一钳小，与别地方的螃蟹形成了鲜明的群体性差异。这个差异不仅成为一种遗传基因，更是作为一种记忆，让分湖螃蟹卓尔不群。

从此，富有历史经验的分湖蟹，虽青背白肚黄毛金爪，却与分湖一样，十分淡泊、低调，在分湖的清流里，避开了饕餮之徒贪婪的眼神。所以，当更多的人瞄准阳澄湖大闸蟹时，分湖蟹却以悠然的步态，在水草与晃动的光影里演出芭蕾舞。

你看，几十条腿，踮着脚尖，排成一列，在白沙地广场的水草中穿越而出。紧接着，又有几十条腿，踮着脚尖，排成一列，从白沙地广场另一侧的水草中反向而出，它们时而交叉，时而穿插，时而旋转；时而高举大钳子，放下小钳子，时而隆起铁背。脚步轻盈、灵活，动作划一、齐整。

　　这演出充分说明：分湖螃蟹是所有爬行动物中，最适合跳芭蕾舞的。

与众不同的螃蟹

来总是湖南常德人,我的一个好朋友,他对我家乡吴江南白荡很是向往,一天到晚给我打电话说要去巡察巡察。说实在的,南白荡填了,已无可看之处,附近的乡村,风貌也乏善可陈,因此,我丝毫没有想请他来吴江炫耀一下的冲动。但是最近,拗不过他说的次数多了,我只得邀请他来吴江访问指导。

来总是讲故事的高手。他讲故事,一开始不动声色,两三句以后,切入正题,然后是一番起承转合,包袱不断,高潮迭起,让人听了笑声不断,甚至笑得上气不接下气,捧着肚皮。他的故事,有时内容非常简单,但值得回味,听懂者,往往在一怔之余,发出会心一笑。

那天他到吴江时,天上正下着小雨。我对他说,你来得太不凑巧，去南白荡视察时机不好，不如我陪你去同里走走逛逛。我说，同里名噪天下，世界的同里，中国的同里，小桥流水，枕河人家，是典型的江南水乡，值得认真看看。他不接话，也不否决，车子于是直奔同里。到了同里，他用三分钟游完了退思园，五分钟走过了三桥。在去无可去处，他严肃地问道，去哪？

是的，去哪？看来拿他没有办法了。于是，我快速转动脑筋思考，决定带他去一个他想去的地方！我忽然想起一个朋友的朋友，就在附近不远的地方开了一个农家乐，农家乐有小河，有鱼塘，有菜地，有树林。重要的是，鱼塘边还有一个螃蟹池。我写螃蟹很多，他经常读到，他了解南白荡，其实是通过我笔下的螃蟹，他对南白荡的兴趣，可能停留在螃蟹之上。这样的地方，也许就是他心中喜欢的地方！

到了农家乐，忽然雨住云开。天空放晴，农家乐秋色迷人。果不其然，这样的地方就是他想要来考察指导的地方。他走到蟹池边上，一屁股坐下来，就再也没有移动脚步，他眼睛专注地望着池里的螃蟹，竟然忘记身在何处。

过了一会儿，来总以湖南腔大呼一声，快来看，它们在打架呢！打架？越国的螃蟹与吴国的螃蟹打架，我曾在江南志怪里写过，主要是两国开战，各为其主。但，这一池的螃蟹从小一起长大，背负着同一片蓝天，脚踩着同一块土地，又喝着同一池碧水，它们有什么理由打架！我对其他人说，我们喝茶，让来总他去望呆！

又过了一会儿，来总依然用浓重的湖南口音说，打得好咧，打得好咧！分成了好几派呐！混战啊！他掏出一支烟，点着，眼看池中，若有所思。烟抽完后，他顺手拿起钓竿，不挂一物。线随竿下，不一会儿，起竿，只见线上挂着一只螃蟹，所谓挂着，实乃是螃蟹双钳紧咬钓线而已。

吃晚饭的时候，来总对我说，你南白先生不是写了书，又一天到晚描写南白荡、分湖的螃蟹，现在看来，你对螃蟹的了解不如我。因为，你现在是江郎才尽，估计写不出什么东西来了。来，我告诉你，刚刚我钓上来的那只螃蟹，是一只十九线的小明星女螃蟹。那些螃蟹为了证明自己对它的忠心，不惜兄弟情谊而大动干戈。我刚把它钓上来，它们也就天下太平了。我研究这只螃蟹，发现还有个故事在里面。

来总说，这只十九线的小明星女螃蟹，就生活在你们江

螃蟹要做到与众不同、时时刻刻与众不同,实在是太不容易了。

南水乡的一个小湖里,在当地小有名气,被不少公螃蟹狂热追求,太湖、阳澄湖、分湖、淀山湖等等地方的帅蟹,纷纷前来求婚。甚至还有固城湖、滆湖、长荡湖的螃蟹远道而来提亲。那些螃蟹,只只青背白肚金爪黄毛,气宇轩昂,神采奕奕,有的广有湖地,有的富可敌国,但是,明星女螃蟹没有一只看得上眼的。它打出的口号是,不为钱财,也不要权势,要么不找,要找就找一只与众不同的公螃蟹。

怎么可能有与众不同的螃蟹呢?来总自问自答,螃蟹不就是两只眼睛,两个大钳,八条细腿,一个大盖!怎么才能与众不同?人有高瘦矮胖,肤色黑白红黄,但螃蟹就是螃蟹,不会像人一样分个三六九等。唉,螃蟹要做到与众不同、时时刻刻与众不同,实在是太不容易了。

来总说这话的时候很是认真,听上去像是在说至理名言,能够咀嚼出不少深刻。与众不同,实质上说这螃蟹已经不再是螃蟹了,而是螃蟹精了。成了精的螃蟹,难道就是与众不同?

我们竖耳倾听,忽然听得来总拍大腿的声音。他兴奋地说,嗨,还真让这只十九线明星女螃蟹找到了对象。怎么回事？原来某一天，明星女螃蟹正在河滩沙地上晒太阳，眯着眼睛，享受生活。这个时候，它突然从眼缝里发现一只公螃蟹迈着正步向前爬着。哇，哇哇，这就是与众不同，所有的螃蟹都是横行，而唯独这只螃蟹却是笔直向前，对，笔直向前！与众不同！

明星女螃蟹顿时双眼发亮，爱意满满，尽管这只公螃蟹与青背白肚金爪黄毛离得远了点，也尽管这只公螃蟹形容猥琐、不够挺拔，但明星女螃蟹还是义无反顾地爱上了它，当场上前表白，并嫁给了它。

第二天，公螃蟹一脸幸福，一脸得意，情不自禁在沙滩上迈开八条腿，横着踱起步来。明星女螃蟹起床，发现老公横行霸道后，大吃一惊，花容失色！连声责问道，为什么你昨天正步走，今天却是横行，你，你的与众不同呢？

公螃蟹说，不好意思，昨天酒喝多了，所以迈了正步，我可不是故意欺骗你。你知道的，人喝多了横行，螃蟹喝多了才正步爬行，呵呵！

来总最后总结道，天下很多事情，你没弄明白，以为他高深，一旦弄明白了，就知道很简单。你不要以为他始终与众不同，只不过是一时或者在一点上与众不同罢了。他看上去最高深，最与众不同，也只是喝了酒，常喝酒，喝高了呀！是不是呢？

至于那只明星女螃蟹后来是如何落到了农家乐的蟹池里，来总没有说。来总不说，我们也不问。上螃蟹的时候，我把那只明星女螃蟹挑出来给了他。来总吃着，吃得认真，吃得仔细，吃出了一脸的幸福，吃出了与众不同。

让狗抑郁的黑鱼

一

乡下的三弟给城里的大哥打电话,激动、热烈且旗帜鲜明地表扬大哥送给他的那条狗。

三弟说,你看,大哥,你送我的这条狗,到底是在城里生活过的狗,懂文明,有礼貌,眼神温和明亮,举止优雅大方,见人走来也不叫。起身相迎,还懂得尾巴左右摇摆打招呼。这些都充分说明,城里来的狗有素质!

三弟补充说,再看我们农村的土狗,心里就来气。那些狗一听见脚步声,或是一有风吹草动,便虚张声势,狂叫不止!更可恨的是到了晚上,一狗叫,百狗叫,狗叫声连成一片。饶是如此,我们的狗始终不予理会,表现出泰然而不咋呼、独立且不盲从的姿态，端的是了不起呐。

三弟接着又说，我每天都带着它在村里转圈，我在前走，它在后跟，不紧不慢跟着我。它的脚步坚定，气度从容，温和而不失威严，亲切却自带光环。它的沉着表现，令我们乡下的那些狗自叹不如，自惭形秽。

现在，我每天带着这条狗出去走走时感觉超好，我每天都能收获很多艳羡的目光，因为这条狗的到来，我俨然成为我们村的视觉中心，成为村民们共同关注的焦点。不客气地说，我和我的狗，现在可是村里的大 V 呢。

呵呵呵！说到这里，三弟在电话那头情不自禁地笑了起来。而电话这头的大哥，听了以后却不免沉思起来。这条狗，是他的一个朋友半送半卖给他的，说是什么犬类研究所的最新科研成果。至于是什么种类的狗，那朋友咿咿唔唔，也没说出个子丑寅卯。当时因为那狗刚刚出生不久，看上去憨厚，唇粗目细，毛发光亮，肉嘟嘟的招人喜爱，于是他才决定留下它。

养了一年多后，这条不明种类型的狗更加变得不明种类。例如长相，比狼狗虽稍显俊俏，但体型却要大好多；再如肤色，则大不同于一般狼狗，眼神与瞳色更是与一般狼狗相去甚远。此狗后来食量惊人，运动需求越发旺盛，远非小区里的什么泰迪斯基、京巴洛夫、柯基杰克、雪纳威廉之类可比，让大哥备感力不从心。

大哥的另一个好朋友是狗类研究专家，研究并熟悉各种狗，连稀奇古怪的狗，他看一眼即能娓娓道来，分析半天。那天，这位专家应邀前来，他先拍拍狗的头顶，顺势抹抹狗的颈背，瞧瞧舌头，然后掰开狗的嘴巴，试了试牙齿。在认真研究此狗后，那专家用肯定的语气说，这是一条混血狗，起码是四种狗的杂交后代！

专家随后强调，这条狗虽然显丑，毛色暗红，但性格却也还好，沉稳，不太凶狠，尤其是叫声慢条斯理。要说它的不足，那就是心胸太小，占地意识太强。你牵着它去逛街，无论见树见电线杆子，它总要抬起后腿撒上一泡尿。

那天临别时，专家还留了一个话口。

他说，不过话又得说回来，环境很重要，不同的环境造就不同的狗性格。因此，不排除这条狗今后性格会有小变乃至大变，这要视生活环境、生活习惯及饲养人而定。

专家最后说，总之，哪个地方容易激发它的哪类遗传基因，那它就容易往哪个方向发展。

想到这里，大哥就问三弟，这家伙现在还是只要见树就撒尿？

三弟说，没有。

大哥深思道，哦，奇了怪了。心想，专家所说，果然还是很有道理的！

二

三弟隔了半年后又打了个电话，还是关于这条狗的。

三弟说，前一段时间带狗出去比较吃力，主要是狗不再愿意乖乖地跟在他的后面，稍不留神它就不知道钻到什么地方去了。后来发觉，这狗在墙头屋角、电线木桩、大树小树，甚至是草窠、柴堆、鸡棚旁都要撒尿做标记。

三弟说，为了维护城里狗良好的形象，我给它拴上狗绳，不让它为所欲为，但它还是坚持己见，每到一个地方，挣扎着要多少留下一些"东西"。凡是留多的地方，它赖着不肯走，似乎有什么未了的事要做；而留少的地方，它一下蹿过，似乎是做个形式主义。全村走下来，这样被它拖着牵着，忽奔忽跑，常常是一身汗，有点吃不消。

然而，从上月开始，情况有了好转。起因是，村里边的大狗小狗，全都被它征服了。它用尽各种方式，包括力量、凶狠、技巧，出其不意，攻其要害，特别是它的吠叫声，一时成了霸王的号角，让村里的草狗无不觳觫，拜倒在地。

现在，吾家的这条狗称王称霸了。

有意思的是，村里的草狗经常会溜达过来朝它低声叫唤。有时候，院子里会一下子集中好几十条狗，无不安静地眼望着它。这种情况，连老一辈的村民都说没有听说过。

三弟说，有本地网红要花钱来看看它，被我轰走了。狗怕出名猪怕壮。名头响亮，未必是好事。万一有人起了念想，把它灭了，红烧，倘或酱汁，岂不是罪过！

电话里三弟发出感慨：以前那狗在村里一路从容镇定走着，依我看来乃是一种障眼法，目的是观察形势；而不急于到处去做标记，乃是一种计谋。

三弟进一步感慨道，上次大哥所说，这狗身上发生的现象属于"橘生淮南则为橘,橘生淮北则为枳",目前来看是失之偏颇。依我看,这狗比人还埋藏得深,绝对是一条有智慧的狗!

哦,对了,三弟说,还有一件事必须要告诉大哥。这狗现在出去很享受,不再到处撒尿了。墙头屋角也好,树根电杆也好,还是其他地方,它走过时只是嗅嗅,村里每一只狗的气息它都熟悉,因为气味里无不弥漫着对它浓浓的忠诚与敬畏,有些气息算得上是崇拜。因此,它再也不必到处宣示自己的存在。

当然,也有一次例外,着实让它感到紧张。那一次,这狗走到停车场,在一辆豪车的车轮边上,突然闻到了一种它不熟悉的气息。这气息的出现,对它来说就是一种极大的不确定,也可以理解为挑衅。于是,它挣脱了狗绳,快速地奔到村里的望塔桥上,对着天空发出狼一般的嚎叫。

听到嚎叫的那一刻,草狗们惊惶失措。但不用多久,它听到了村里第一条狗的叫声,然后是其它狗的叫声,无不表达忠心与爱戴。狗叫声此起彼伏,汇成浩大声势。

它从桥上下来的时候,恢复了从前的从容镇定。

三

三弟再一次打电话给大哥时,已是春节后。

这一年的春节来得晚。过完春节,半个春天也就算过去了。彼时,田间地头,河堤滩岸,所见到处,无不草色返青,桃红柳绿。连河里、湖中的水草,也都脱尽旧绿,绽放新嫩!

就着新春,三弟先说了一大堆祝福的话,然后就开始汇报这狗的情况。

他说,自从上次"豪车事件"之后,这狗的心就不再沉静。它时不时会窜到一些地方,东看看,西望望,像是在排查细节,看看还存在什么问题。同时,村里不停有狗来来往往,几只,或是一群,看上去在开会、或是走在去开会的路上一般。

三弟接着说,这狗还有一个坏毛病,会时不时突然大叫一声,然后竖起耳朵听村上哪条狗没有回应。好在村里每一条狗都认识到位,它一叫,它们都跟着叫,一条狗都不落下!

尽管如此,这狗坚持认为,还是有漏洞。没有问题意识,就是问题。发现不了问题,就是问题。于是它到处转悠,到处扫描。当转悠到了南白荡滩的时候,忽然脑洞灵光暴现!

这河，这湖，从未引起过重视。这才是漏洞，这才是问题。如果说要出问题，陆地方面已几不可能，水上则难以把握。于是，它开始沿着河滩巡查，在关键地方撒了好多泡尿，打上了它凛然不可侵犯的气味标记。第二天，它又去巡视了一遍，闻嗅有无异常气息出现。

三弟顿了顿，郑重地说，大哥，我们家的这条狗对异性兴趣不大，村里有不少漂亮的母狗，它都没有动过心。这样的狗，我想，必定是狗中豪杰，它超越金钱及雌雄交合之情，有强烈学习欲，充满主动、活力与热情，对世事敏感且能独立思考！它是一条能不断发现深层问题、解决复杂问题的狗，是一条不折不扣的好狗。

大哥说，你别，别这样，太拔高了……

三弟不接大哥话头，继续说，大哥，你知道吗，后来情况果然如其所料，漏洞、问题或者说是威胁，还真给它发现了。不过，过程实在有点好笑。就在它日日从南白荡滩走过的时候，水中的一条老黑鱼也日日跟着在琢磨它。特别是当这狗抬起一条腿，往湖滩边撒尿时，老黑鱼就忍住流下来的尿臭味，对那个撒尿的东西产生了浓厚的兴趣。几个星期来，老黑鱼经过反复研究，越来越觉得这个撒尿的东西，也许就是美味的一样食物，是难得的一顿大餐。于是，今天上午，老黑鱼出手了。

大哥问道，什么情况，怎么回事？快说！

三弟说，这狗今天上午例行巡查，来到了南白荡滩，一路走来，感受惠风和畅，看着满目清明，再加上一段时间来没有发现新的异常，心情自然十分舒爽愉快。它一路走，一路标记，到了荡滩边一大堆水草旁时，习惯性地抬起右后腿，往岸边与水草的交接处打标记。就在抬腿的一瞬间，早已埋伏在那里的老黑鱼突然从浅水处跃身而起，张口咬住了这狗撒尿的东西。

啊，那这狗不就完了？人哥急迫地追问。

三弟回答道，大哥你别急，你先听我说完。好在这狗十分机警，一痛一吓之下，四腿蹬弹而起，跳到高岸上。而那条老黑鱼，原本以为可以速战速决，哪知道这一咬根本不顶事，因而先是不舍，后是无奈，只好松嘴。但在一愣之间，它已经被这狗的急跳带上了高岸。待我赶到时，这条老黑鱼正试着爬回水里，我将它捉了带回家，现在养在脚桶里。

大哥，刚才我去看了这狗，发现它除了受点惊吓、神情忧郁之外，好像没有太大问题。

后来，我又去看那养在脚桶里的老黑鱼，老黑鱼百无聊赖地缩在脚桶里，那样子感觉还在后悔。我想象它此前的勇猛，想到它找到点位的精准，就忍不住地大笑。

我说，功亏一篑呀！

大哥，你猜，这老黑鱼怎么样？这老黑鱼张开嘴，满嘴是毛，后来居然咧嘴对我大笑。

一只听过领导报告的盐水鸭

华永根先生在《食鲜录》里说，苏州人吃鸭子，春季吃酱鸭，夏季吃卤鸭，秋季吃盐水鸭，冬季吃燠鸭，十分讲究。

南京人则不同，一年四季都喜欢吃盐水鸭、烤鸭。我在南京生活三十五六年，根据我的观察，这两者之中，盐水鸭应略胜烤鸭。

南京人喜欢吃盐水鸭，喜欢到难以想象。我从前认识的一个小报通讯员，凡有稿子发表，稿费通知单到，必定斩上半只鸭子，饮酒若干。毫不夸张地说，盐水鸭，极有可能是南京告别物资短缺时代后唯一需要排队购买的东西。

外地人到南京，经常在小巷看到一个奇怪的现象，一小队或是一长队人，安静地在一家小门面的外面排队，空着两手，然后拎着小袋离开。其中好事及好奇者，走过去凑近一瞧，

南京的盐水鸭，全身上下都有一种荣光，这种荣光由色、香、味、形组成，相互勾搭，完整呈现，是一种特殊的文化。

才发觉奥秘，喔喔，原来是排队买盐水鸭子呀。

所以，凡是被运到南京，屠宰后做成盐水鸭的鸭子，全身上下都有一种荣光，这种荣光由色、香、味、形组成，相互勾搭，完整呈现，是一种特殊的文化。也因此，我判断，那些外地、本地的鸭子，应该都以死后能做成南京盐水鸭为荣。

我单位附近的小巷，有不少卖盐水鸭的小店，年头很久，并且门头上挂着的牌子，都写着水西门某记。我十分好奇，问了不少人，得到的回答都很笼统：挂着什么记的鸭子店，大概都在说明自己专业制作鸭子，传了很多代（包括老卤），已成了一个品牌，一个形象。

后来我在北京认识了一位朋友，南京人，上了北京的大学，此后留在了北京，他在北京对我说，水西门系水陆交汇之处，是外地鸭子活着到南京的终极之地。那时候，水西门是南京盐水鸭无可争议的加工中心。南京城里大大小小，尤其是老卤纯正醇厚、味道正宗稳定的盐水鸭店，其后场大都在水西门。也许是认为解决了我心中的疑惑，帮了我的大忙，最后，那哥们他对我提了个请求，说，哥儿们，你若来北京，一定记得帮我带盐水鸭。我连连点头，嗯呐，嗯呐！

看我态度好，这哥们又加了点料。他说，高邮、宝应、邵伯的鸭子最好，其次是南京周边的。为什么高邮、宝应、邵伯的鸭子好呢？赶鸭。鸭家乘着一条船，从二三百里以外的地方赶着几百只鸭子，南下西进，鸭子一路吃着小鱼活虾，一路看着山水风光，在运动中来到南京，如同跑了一场马拉松，因此只只皮厚肉紧，精壮肥美。如果加工得法，那就是盐水鸭中的极品。

上世纪九十年代，因为治理整顿工作的原因，我经常去北京出差，给在北京的那哥们带盐水鸭。为了表示我的用心，我到处打听哪个记的盐水鸭好吃，还不时前往踏勘，买来试吃。在排队等候时，也不忘搞些社会调查。还有，我住工人新村时，邻居都是老南京，我也认真地听取了他们不少的建议。最后，我从中筛选并确定了三家。第一家，名字叫水西门J记盐水鸭店，特点是玻璃橱柜里鸭子摆得整齐划一，屁股齐刷刷向外。那些鸭屁眼只只掏空，一个个圆洞，阴森森的，如同一个个枪口。该店所卖的鸭子柔软细腻，肉带淡咸清香，细细品味，滋味十足。另一家，称作水西门X记店，那家店摆放鸭头则一致朝外,规模可叹,该店的盐水鸭肉质鲜嫩肥美,淡而有香,唯一的遗憾是,鸭骨头边略带一些骚劲,从鲜美中冲将出来,犹如异军突起。不习惯的人,不了解味从何来,常常会懊恼于这种来骚,吃惯的则常求一尝。第三家,也即鸭子摆得乱七八糟的那家,叫水西门H店,尽管鸭肉本身也可圈可点,不输前两家太多,但卤汁的味道太好,远胜过鸭肉本身,算是成功胜出的重要原因。

我带了好多次盐水鸭进京后才发觉,那哥们更喜欢第二家。于是,不用多说,只要没有特殊情况,我就一直买那家的盐水鸭去北京。我一般买整只,头与屁股均在,鸭皮肤光滑透亮,肉质生动,唯一幽默的是,那鸭屁眼像一个窟窿,拎在手上,不看不行,望进去黑乎乎,仿佛深不可测。听北京的哥们说,这乃是一种标志,是一种宰杀鸭子的法子,也是一种加工水平的表现,是盐水鸭质量与口味高标准的一种象征。

我最后一次给这个哥们带盐水鸭是在五六年前。原因说起来复杂,也可能是我瞎猜想,那时这哥们已经发展得很好,是我认识的人里面官当得最大的,当然电视里认识的不算。

一是他经常去全国各地作指示，我去了也未必能见到他；二是他已经习惯于吃天南地北各个地方的美食，对盐水鸭的感情变得越来越暧昧；三是北京的烤鸭京味十足，南京的盐水鸭毕竟乡土气息重了点，且地域接近（美食距离）上不占优势。

那一年我去北京找他，给他带了一只X记店的盐水鸭。我到的那一刻，他正要上主席台作报告，从情深意长的"同志们"到回味无穷的"谢谢大家"，他整整作了两个半小时的报告。他的讲话，高屋建瓴，高瞻远瞩，虽亲切温柔，却不乏严肃认真，时而慷慨激昂，时而心平气和，风趣幽默，语重心长，给我留下了极其深刻的印象。当时因为我要赶去第二个场子，又了解北京的堵车，所以急得五心烦躁，谁知道一听这重要讲话，才发觉听有超值，即便牺牲第二场也无所谓。为寻求印证，我轻轻用脚踢了踢脚边包装袋里的盐水鸭，问，是不是呀？环境如此嘈杂，然而我分明听到"嘎嘎"的声音。

会议结束后，我把盐水鸭给了领导，寒暄几句，即急匆匆拎着另一只盐水鸭，直奔另一个地方，去慰问关在那里闭门修炼的一帮作者。他们大都是南京人，都好吃盐水鸭，对盐水鸭有着来自童年时期执着的记忆与判断。我请厨师将盐水鸭斩成小块，趁着酒兴致辞（此后我就一直好这一口）：同志们，所有的盐水鸭，斩好了上桌，中间没有多余的环节。而与以往不同的是，今天我们吃的这只，中间经历了宏大叙事，见过了大世面。这可是一只听了某长报告后上桌的盐水鸭！

大家于是一齐动筷，一齐动嘴。匆匆忙忙之间，觥筹交错，竟然无人对吃到嘴里的盐水鸭味道如何作出回应。我搛了一块盐水鸭，咬嚼一番，忽然觉得索然无味，口感更是木渣渣的，类似于野鸭与老鹅。第二天我打电话给那哥们领导，问盐水鸭味道如何？他说，盐水鸭味道一如从前，只是感觉抽掉了一味，少了点劲道！

挂了电话，我沉思良久，实在不明白为什么两鸭如此不同，而那抽掉的一味，又是什么？又是什么将那一味滤走了？

画龟

局里的老干部老华喜欢画乌龟。

开会的时候,他最有兴致画乌龟。

作为一种业余爱好,他认为画乌龟是排遣无聊的最好办法。往往,领导刚在主席台上正式宣布会议开始,老华就在台下心痒痒地寻找合适的地方画起了乌龟。

他有时在笔记本上画乌龟,有时在信笺或记录纸上画乌龟,有时在会议桌上沾水画乌龟,有时用粉笔在坐于正前方的同事背上画乌龟,有时则用手指比画着在空气中画乌龟,等等,只要开会,就画乌龟。

他用什么方式画乌龟,主要取决于会议的内容与重要性。会议重要,领导重要,那他就在笔记本和信笺、记录纸上画;会议一般,领导一般,他就在桌上、空中画。会议十分无聊,领导又拖堂，过了饭点，老华就开始在他人的背上画乌龟。一般情况下，参加会议的人除领导及领导的亲信兴致勃勃外，其他人员都神倦思疲，昏昏欲睡，会场上甚至有人打起轻微的呼声，类似口哨一般的声音能够转移参会者的注意力。此刻，正是背上画乌龟的好时候。

在他人的背上画乌龟，是一项难度很大的工作，但他早就有备而来。只见他从口袋里掏出粉笔，五指撮着，先是轻轻地勾勒几笔，打出一个框架，然后画出四条腿，最后画出乌龟的头，一副左顾右盼的模样。这样画出来的乌龟着墨不多，但形神兼备，跃然背上，呼之欲出，需要极高的绘画水平。

因为在他人身上画乌龟，所以少不了有人会与老华打架。会议结束，领导退场，背上被画乌龟的人认为，老华这是变了相在骂自己是乌龟，是人生侮辱，人生攻击。但一架打完，对方冷静下来，仔细想想，老华通过画乌龟来骂自己是乌龟的行为似乎不能成立。自己与老华在工作上没有交集，平时也没有联系，更谈不上有矛盾或恩怨。世上没有无缘无故的爱，也没有无缘无故的恨，也就是说老华没有作案的"动机"。因此，老华画乌龟，倒像是一种恶作剧。待领导走了，也会有旁观者悄悄对那人说，老华那是在给领导画像，只不过是借你的背用一下，你别生气。

随后，旁观者摇着头走了。又，老华悻悻地走了。最后，背上画了乌龟的人走了，他抖抖衣服，背上的乌龟掉落在地。俄顷，在众目睽睽之下，那乌龟簌簌地在地上飞快地往会议室门口爬去，很快爬出人们的视线，最后在办公楼外不知所踪。

前面说过，平时召开重要会议，老华是不敢在他人背上画乌龟的。他是个聪明人，拎得清分量，不敢轻易造次。所以，在这种情况下，他一般都是在笔记本上画乌龟。他先是顶天画一排大乌龟，主席台上坐几个领导，他就画几只乌龟。紧接着留出较大空间画第一排小乌龟，一只紧挨着一只，都露出两只前爪，其中一只爪子里还握着一管笔，一色的小脑袋、小眼睛、长脖子，一色的晃悠脑袋认真听会的神情。画完第一排画第二排，画完第二排又画第三排，如此这般。通常情况下，当画完一张纸，近百只乌龟密密麻麻占满纸面时，会议结束。

老局长退休，由外面调来的新局长隆重且带着威仪上台。

既然隆重威严上台，便要有隆重威严的模样。新领导上任的第一把火就是抓会风。他发现，几次会议以来，除了一个人十分认真，从头到尾都在做着笔记外，其他的人不是闭目沉思，就是交头接耳，或是刷着手机。偌大的会场上，还时不时地响起手机夸张的来电铃声。

新局长于是宣布纪律。他说，为什么我们开会的效果不好？首先根子出在领导，在于领导说长话，说官话，说套话，抓不住要点。一开会就长篇大论，喋喋不休，几分钟能说清楚的事情，偏要开一个上午的会；明明白天上班就能布置的工作，硬是吃了盒饭布置到深夜。上有政策，下有对策，领导一本正经地说，下面就一本正经地玩，这样的会议，怎么可能有效果呢？！

新局长就此提出，以后开会要讲究效率，领导在台上作重要讲话的时候，员工在下面必须要认真地做笔记。开会要有开会的样子，决不允许开会期间打瞌睡、接电话、刷视频、发微信、开小会！

会议临结束的时候，所有人都觉得，老华画乌龟的日子一去不复返了。因为，新局长指着坐在第三排的老华说，这位老同志，对，对，就你，请你站起来。

老华听闻，左扭右转，犹豫着，并脸色暗沉地站了起来。

新局长说，我几次会上都注意到，我们这位老同志，每一次参加会议，呃，都非常认真，从头到尾，一刻也不停地认真做着笔记，真是一个好同志。

旁边的副局长对局长耳语道，他，华五贵。

老华的心情波澜起伏。

新局长说，对，大家如果都像华五贵同志那样认真做好记录，那我们的会议一定会开出高效率的。这里，我要对同志们提要求，要向五贵同志学习。

此刻，像往常，理论上应该是掌声雷动，但不知道为什么，全场鸦雀无声。新局长只好带头鼓掌，于是会场上跟着响起了掌声，尽管不够十分热烈，但终于表达了大家对新局长的足够尊重。

会后，常务副局长曾想就画乌龟事情提醒一下新局长，但新局长凝神静思、镇定自若、把握全局的模样，令常务副局长到嘴边的话又咽了回去。常务副局长一下醒悟过来：五贵是新局长在公开场合新树立的典型，拆五贵的台，等于打新局长的脸，这一点是起码的官场常识。常务副局长不说，其他的副局长自然更不会说；副局长们不说，处长们也就不说。官场很奇怪，多嘴的往往吃亏，所谓言多必失是也。

但是，官场有高人，总有人看不惯老华的做派，其中也包括老华的仇人，还是想方设法准确地把老华画乌龟的事情传递给了新局长。为此，新局长信不信此事、有没有震怒皆不得而知，但办公室的李主任知道，新局长对老华不错。那一段时间正好有人给新局长送了一只吴江东部汾湖野生的甲鱼，新局长转头吩咐李主任，面无表情地对他说，请将这只甲鱼送给华五贵同志，给他补补。

李主任与华五贵一向不调和，早期他的背上也曾经被老华画过乌龟。新局长显然不知道此过节，因此，通过李主任给老华送甲鱼，是多么的不合适。李主任心中思忖再三，转手将甲鱼交给办公室的小周，简单吩咐他，将这只甲鱼送给华五贵。老华收到甲鱼，有点莫名其妙，问了半天，小周也说不清楚情况。

那天晚上，老华思考了好久，照着甲鱼画甲鱼，画了半天，怎么也看不出是甲鱼还是乌龟。他深感，甲鱼要比乌龟难画，尤其画老甲鱼，更是难上加难，形似可以，神似难得要领。然而，天大的问题也难不倒老华，在画乌龟的基础上，老华终于很快掌握了画甲鱼的高超技巧。他画的甲鱼形神兼备，栩栩如生。

就在老华苦练画甲鱼功夫的同时，新局长给老华送甲鱼的事就传遍了机关的大小角落。于是局里暗暗掀起了一股画甲鱼的风潮。不，严格来说，是画乌龟的风潮。因为，不知是谁，偷偷打听到老华画甲鱼的诀窍：画甲鱼，得先以画乌龟打基础。于是，有人专攻写意，有人钟意油画，有人专注水彩，有人改学工笔，等等，不一而足地画起了乌龟。有些性格较为投契的同志，还在私下里召开小规模研讨会，共同探索画法与技巧。也有一些同志，趁着喝酒前的间歇，总要切磋一下画技，作为喝酒分配任务的依据。画技强的人，一般高昂着头走路；而画技差的人，平时则贴着墙根走。

话说一年后，新局长已经坐稳了江山，每每享受于他讲话时台下风清气正、各位干部奋笔疾记的快感。年初，召开年度工作会议，在完成各项表彰之后，局长于早上九点半开始例行做工作报告。局长的讲话高瞻远瞩，高屋建瓴，揭示了行业管理发展的重要方向，明确了下一步管理工作的指导思想、基本原则、重点任务与重要目标，给全体员工提供了一个根本的管理遵循。尽管秘书已经下了大力气精简了文字，但报告还是以超长的时量将时针逼到十二点。不知是因为工作会议即将圆满成功，还是因为上下心往一处想、劲往一处使的精神状态令人感动，局长心情舒畅，又脱稿加塞了很多即兴发挥。局长仿佛全然忘了一年前他对如何开短会有过具体的要求。局长引经据典，纵横捭阖，反复强调，并多次指出，全体员工必须要深刻领会工作会议精神，要求大家解放思想，开拓创新，紧密团结，扎实推进，取得行政管理更大更好的成绩。

兴许是报告太精彩，干部们又忙着记录，全场竟然不像平常开会那样掌声不断。过了十二点，会场上更是秩序井然，静悄无声，每一个干部如同画家一样，都在关注笔尖的滑动，全无一点不耐烦的表情。等到主持会议的常务副局长宣布会议圆满成功，大家才从奋笔疾书中清醒过来，于是大家一齐鼓掌。

掌声过于热烈，如雷鸣，如大瀑，一下子震出无数的乌龟与无数的甲鱼，大大小小，在会议桌上乱蹿，在地板上乱爬。一些乌龟、甲鱼尚未完工，所以是残疾乌龟、残疾甲鱼，都在原地打转。有大胆且健壮的乌龟与甲鱼，直往主席台方向爬去。还有些乌龟、甲鱼抓住一条条裤腿，爬到人的怀里，依偎着，露出幸福的笑容。会议室里的众多画家，看着到处爬动的乌龟与甲鱼，脸上洋溢着发自内心的专业自信，以及成功的味道。

一位在院子里打扫卫生的阿姨，顺手捞了几只甲龟，回去宰了红烧，据说味道特好。

墙上的鲈鱼

禅师房间的墙上挂着一幅画，上面画了一条上了年纪的鲈鱼。

那鲈鱼尖吻，大口，下颌横直强劲，夸张地往前拱着，而上颌则略略地往后缩，腮帮外鼓，嘴型显得清奇古怪。鲈鱼的两只眼睛，画得白多黑少，小角度斜视，使整条鱼看上去虽有些平和的冷傲，但也不乏狡黠的智慧。

再看鲈鱼的侧背，画着一排不规则的黑斑，稀疏，随意，如同波浪起伏，意在证明它历经沧桑，是一条不同寻常的鲈鱼。

四旁别无他物。画中鲈鱼，无所着落。同时，由于画上没有落款，也无铃印，因而不知作者是谁。

画没有装裱，宣纸微微发黄，毛边几处破损，说明此画已较有年头。

禅师日日端坐于画前,眼瞧着鲈鱼,寂若忘生。画中鲈鱼也作如是观。

渐渐,禅师与鲈鱼,已然两忘。

忽一日,鲈鱼问禅师,师父日日见我,知我自何处来?

禅师曰:从江湖来。

鲈鱼问禅师:将向何处去?

禅师曰:活水源头。

鲈鱼微笑,问禅师,师父日日见我,又何曾见我?

禅师曰:一大坨墨。

鲈鱼曰:分明见过。

禅师曰:不曾见。

鲈鱼又问:如何是道?

禅师:皮肤脱落尽,唯有一真实。

鲈鱼于是轻声唱道:未到南白亦不识,识得指间流水白。

禅师回曰:万古长空南白,一朝风月烟波。

鲈鱼遂游于空中,大笑曰:随师参者满室,并阡陌络绎,但无有高于我师者，恐以后无人承当，唯有鲈鱼。

禅师作色，怒目喝道：无汝栖泊处。

禅师力拍床板三下。

当天晚上三更，四周寂静无声。

禅师悄悄对鲈鱼说，你我天天见面，彼此了解熟悉，我希望今后你我之间真诚一点，自在一些，不要再用文绉绉的话来讨论问题，更不玩那些酸不溜叽、毫无逻辑的机锋，因为这样的对话实在无聊，无聊透顶。

禅师随后慨然道，地球日日在转，时代天天在变，我有一种担忧，现在再讲那些老一套的东西，很容易被淘汰。因此，我们，一要跟上形势变化，二要研究发展，三要调整步伐。今后，只有整出点新概念、新名词、新提法、新玩意，才能显出自己的高深，令人肃然起敬，才能做到以不变应万变。

鲈鱼应声回答，正是，我也是这样想的。

禅师又说，你天天见我参禅、传道、开示，始终给人以近神、明道、高大、睿智，手握绝对至理的印象。但是，一旦人们明白这是套路，我们也就很容易遭人鄙视，被人抛弃。

就如你们鲈鱼，一旦刮掉光灿灿的鱼鳞，那和草鱼、青鱼、鲢鱼、鳊鱼、鲤鱼等等没啥区别，普通得不能再普通了。

鲈鱼问，是不是可以这样理解，禅师之智慧与光辉，其实也是需要包装的，否则庄严、肃穆、慈悲、威武到不了一定成色，显不出一定境界，是无法打动别人的。

禅师说，对，是那么一个道理，世人不是说过，佛靠金装，人靠衣扮。这说明装扮的重要。当然，更为重要的是，虽然装扮了，但要装扮得很好，很真，感觉是那么回事，要一般人看不出来，以为是明心见性，光辉自带。

鲈鱼说，请问师父，那如何装扮才能让自己看起来像是真的？

禅师停顿一会，说道，一般来说，装扮需要铺垫，需要假借，需要一个时间过程。常见的手法是拿过去的痛、现在的甜来说事。

呃，有时甚至要牺牲一些眼前利益。

呃，还有，要言在此而意在彼，或装聋作哑，或避重就轻，或王顾左右而言他。

操作上，有时直行，有时反向，有时八风不动，有时忽

凡鱼不知如何是道、道在何处，无非是信息不明，或是无法正确判断。

左忽右，诸如此类。

你是我见过的最聪明的鲈鱼。

我想，你眼里所看到的鱼，青、草、鲢、鳙、鳊、昂刺鱼，甚或鲤鱼、白鱼、黑鱼，等等，大概率都不成熟，既不懂得鱼的世界复杂多变，又往往简单且绝对地看待鱼界的问题。

凡鱼不知如何是道、道在何处，无非是信息不明，或是无法正确判断。信息不明，看上去是信息供给不足，但本质上是信息过量、信息轰炸，以及单向度的信息灌输。一方面，鱼无法知道某些东西，另一方面，又给它极力装入某些东西，所以凡鱼呵，小小的鱼脑袋，又如何能搞得清楚那些复杂多变的道道。在这样的基础上，凡鱼不需用脑，脑袋里的判断已经自然生成。

当然，我们也要注意，那就是绝对不能过于浮夸，浮夸虽然能吸引大众，但最终一定会将我们压倒。总之，对这些小鱼脑袋来说，装扮显得轻而易举，眼花缭乱，只要操作得当，不太狂妄，即使假语蠢言，也是普世良方、救世恒言。

禅师喝了口茶，濡濡嘴唇，继续说道，那么，也有这样一种情况，面对那些心怀执念、痴迷不悟的榆木脑袋，装扮的效果有时可能不灵，此刻要用转移关注的方法。譬如，你时常见我怀揣一本正经，脸似正大光明，偶尔为人答疑解惑时目露精芒，或在遇到疑难杂症时大声棒喝，这些都是在转移关注，让其在感知不到细节与逻辑的情况下，于稀里糊涂中认同概念的变化。

这是我们这一行的职业习惯与职业标配，看似眼花缭乱，实际如魔术一般简单浅显，说穿了不值钱。可笑的是，在常眼中，这些又恰恰是法力与水平的体现。

在我们这一行，大白话讲大道理是大忌，玄而又玄是至上妙法。是否达到境界，则要看其宏大叙事与微缩叙事的能力，bdhh & pdhh 的能力，这就是新玩意。

鲈鱼点点头，恍然大悟，如醍醐灌顶。

鱼的两颊各有一块肉，在眼之下、皮之内、颧骨之外，俗称活肉，形状似半片豆瓣，色泽洁白如玉，细腻、柔润、顺滑、轻盈，入嘴能感觉到活力四射，据说是几乎所有鱼的身上用来做食材的上等部位。

早在一千多年前，吴江莘塔一带的人们就已形成共识，用中等以上个头的鲈鱼颊肉做成的鲈鱼脍，是一道极其鲜美的菜，位列上等鱼肴之巅，殊不可多得。

所以，东晋的张翰，这个在洛阳做了一个不大不小官员的莘塔人，以想吃这道菜为名，堂而皇之地提出辞官回乡的请求。感觉上，张翰的上级领导也是个文化人，是个美食家。文化人了解文化人，美食家懂美食家。据载，上级领导当听说莼羹鲈脍绝对美味，是启发绵绵乡思的开关时，就一下被打动了，他在不断吞咽口水的同时，欣然提笔批准了张翰的辞呈。

鲈鱼对禅师说，由于添加了历史的油盐酱醋，这道菜与莼菜羹、油焖茭白一道，被赋予机智、远见，以及乡愁的隽永。鲜美间以乡愁，唤醒了各类穿越时空、追逐美味的饕餮巨胃。张翰对于鲈鱼的赞美，诗意地宣传了吴江的鲈鱼，并且成功达到了个人目的，但却不曾想到，他将鲈鱼推进了万劫不复的境地。因此，这样的宣传，这样的广告，于鲈鱼而言，实在是一种灾难！

鲈鱼对禅师说，我日日沉思，就张翰的辞归，诗词歌赋，从来不断。对张翰此人过人智慧的赞美，更是连绵起伏。你看，光成语典故都有一大堆，什么莼鲈堪脍，什么莼羹鲈脍，什么莼鲈之思，翻来覆去，意思别无不同。他要回乡，可找的理由千千万，又何必连累鲈鱼儿！再说湖中鱼鲜，也有若干可以媲美的，却为何独独垂青鲈鱼？

禅师笑而不语。

鲈鱼说，尽管我已摆脱了轮回，超越了逆鳞剖腹，花刀错综，油盐酱醋，烹煮滑炒的劫数，但心中始终充满好奇，放不下此念：他为什么独独垂青鲈鱼？

禅师说，东坡肉那么有名，从来不见有猪跳出来对苏东坡口诛笔伐。相反，很多的猪还成天赞美、歌颂苏东坡，喋喋不休地念叨着，是苏东坡让它们活出了光彩，死出了荣光。很多猪不约而同地说，猪何其有幸！

禅师看了鲈鱼一眼，说，你，一条鲈鱼，挂在墙上，站位那么高，思考问题的角度却那么低。站在鲈鱼低微的立场上思考问题，这就是你的悲哀。尽管你在墙上，唉，终究难以超度。

没有腮帮，墙上的鲈鱼美在何处？

天鹅之死

福根家有一只鹅,虽是吃草长大,却极其聪明,颇具智慧。其智慧与聪明之处,在于比人更能识人,知道人好人坏。

人到福根家,此鹅只要用鹅眼瞄上一眼,就会在鹅脑袋里快速做出一个判断,好人?坏人?

如果是好人,此鹅会默不作声,踱着方步去找自己的吃食;如果来的是坏人,此鹅反应强烈,"嘎嘎嘎"大声叫嚷,并当场振翅飞扑,用尖嘴直扑对方门脸。

村中有好事之徒,不信此鹅的神奇,于是约了几个人一起去做一个检测,其目的除了检测鹅的神奇外,还在于想证明自己是个被鹅认可的好人。当然,每个人心中还有个不能对外说的目的,就是通过鹅,看看身边有没有坏人,谁是坏人。

这几个人到了福根家,个个装出和善的脸面,眼睛凸暴着温馨的气息，心底里无不流淌着和谐的情感，他们说话细声细气，脚步十分轻柔，手势极其服帖。总之，个个表现出一副好人的模样。

此鹅在场门前，歪着脖子，斜着眼睛，对来访者逐一加以研究。一时间，那几人不敢向前，怔立场中，不知所措。突然，那鹅长鸣一声，振翅，然后转身扑翅而去。

见此情形，那几人于是乎长吁一口气，扭头相顾均脸有得色：能被鹅认同为好人，这无疑是一种荣光，一种贫困时代精神上的特别奖励。同时，玩那么久，弟兄们当中真的没有坏人，多么让人放心。这是多大意外的收获。

他们喜笑颜开，见到出迎的福根，连声说，你家的鹅，哪里是鹅呀，那是标标准准的天鹅、神鹅。神奇，真是神奇！

那几个好事之徒离开福根家之后，到处宣扬天鹅的神奇，并且鼓动爱根也去天鹅那里看看。爱根，是南白荡龙泾村人，村里公认的好人。要知道，这不是一时半会、少数人评选出来的结果，也不是村干部指定的好人人选，这是经过很多年、甚至是上几代人相处磨合得出来，并被无数实践所证明了的一个好人。在农村，这叫口碑。当然，在他们的心目中，如果再经过天鹅这道检验,爱根才是真正名符其实的好人。

经不住这几个人的劝,爱根去了趟福根家。天鹅当时正在场上与几只鸡玩耍,见有人来,当即迎面向前。爱根与天鹅相隔几米,一同止步。天鹅扫了爱根一眼,就低头默不做声。

但是,看到鹅的那一刻,爱根突然想不起来,自己上一次吃鹅肉是在哪一年。当年那一大盆老鹅肉红烧洋山芋藏在记忆深处,此刻却突然在脑海浮现,油光铮亮,热气腾腾,飘散着的肉香勾连着肠子,也牵动着一嘴的口水,实在诱人。

于是,爱根咽了一下口水,幻想自己是到福根做客来了。福根好客,当即宰鹅烹鸡,做了满桌子的菜,还倒上了一大碗黄酒。眼前的这鹅,脖子上被抹了一刀,在热水中烫去了羽毛,露出赤裸毛糙的身子,开膛破肚,被斩成若干大块,在浓油赤酱里"滋啦滋啦"一番,然后用时间与中火展示看得见的丰腴滋味。爱根自己坐在客位,就着黄酒,大块大块吃着鹅肉,满嘴都是幸福的油腻。

就在爱根想入非非的当口,天鹅仿佛看穿了爱根因为口腹之欲所带动的杀机,它于是嘎嘎嘎地悲鸣起来。与往常不同的是,它扇动双翅,却不向前,扇起的灰尘与浮土如雨点一样飘向爱根,搞得爱根灰头土脸,狼狈不堪,最后悻悻而去。

鹅识人好坏,也许并不算神奇,但识好人之恶,且能正确处理,这就非常神奇了。这是一种难得的智慧,正因为天鹅有此智慧,所以尽管家里困难,福根也舍不得将鹅卖了,更别说在节日里将其杀了待客。

但是,天鹅最后还是死了。天鹅在王道高的轻轻一握之中,没有发出一点声音,没有折腾双脚,也没有扑展双翅,就咽了气。

王道高是谁?是村里的支部副书记。因为常年披着一件军大衣,人又称大衣王道高。村民背后说王道高,简单概括起来就是四句话:大衣一披,从东到西,不是骂娘,就是哗哗!

军大衣是王道高在县里人武部工作的表哥送给他的,有一件军大衣就有一种光彩,更不用说担任副书记了。因此,披着军大衣的王道高,就有了一个特别的爱好,嘴里常常叼着一根竹牙签。那根竹牙签,有点像真理,在他的两排牙齿中间滚来滚去,出神入化,留连忘返。

王道高第一次见到天鹅,就是叼着牙签这副模样。客观地说,他当时并没有对天鹅起杀心。与那几个好事之徒一样,他也只是希望得到一种神性的认可。甚至那天天鹅见他出现在面前，飞扑过来，用喙啄击，也没有让他恼羞成怒，气急败坏。相反，他吐出了牙签，还笑嘻嘻地说，这小东西，当真日他娘的好坏不分。

后来，有人告诉他，村里的农民都觉得，经过天鹅认定的好人，是标标准准的好人，而天鹅认定的坏人，百分百就是坏人。这个结果非常简洁明了，十分准确，那人的言下之意，你他妈就是坏蛋一个。他听了这话，愣了一下，然后淡淡地回答道，一只笨鹅，懂什么人好人坏。要信鹅，人还不给鹅气死了！

再后来，他趁着福根出工在田的机会，又悄悄去了他家几次。每一次的结果都一样，先是眼神相触，十几秒对峙，然后鹅方发动攻击，于是他悻悻然转身而退。他一直以为自己是好人，天鹅的攻击对他的打击变大，加深。他开始怀疑，自己是不是真的像鹅所认定的那样——坏了？

过了麦收时节，农民有几天喘息的空档。王道高去找福根，开口就对福根说，第四生产队还缺一个副队长，作为交换条件，福根要每天对他的天鹅说他王道高的好话，一日三次，早中晚各一次。

村里吃过王道高明亏与暗亏的人不少，都对他有提防。福根认真想了想，王道高的要求并不高，好像也没有什么陷阱，于是一口答应。那天晚上，福根对着天鹅说，王道高是个好人，是个好人。天鹅笑了，连同与天鹅一起玩耍的那几只鸡也笑了。天黑了以后，在鸡棚里的天鹅与鸡还在笑个不停。

第二天早上，福根出工时，又对着天鹅说，王道高是个好人，是个好人。天鹅笑了，与天鹅一起玩耍的那几只鸡又都笑了，笑得咯吱咯吱，笑得无比灿烂！

就这样，福根每天都说三遍，鹅与鸡都听三遍。与以往不同的是，好长一段时间以后，鹅与鸡忽然都不再笑了，他们的情感发生了看不见的变化。再后来，当王道高陪同公社汤书记出现在福根家的时候，那天鹅表现出一脸的热情与幸福。

王道高对汤书记说，福根是生产队培养的副队长人选，又指指场前站着欢迎的鹅说，这是一只神奇的天鹅，能辨别好人坏人，好人来，它热情欢迎，坏人来，它飞起来就攻击，屡试不爽，屡试不爽！

汤书记是山东南下干部，文化程度不高，他对这个"屡试不爽"不明其意，只是简洁粗暴地问了句：勒他娘的，这个鹅有这么神奇呀！

在天鹅的热情认证下，汤书记对自己有了更深的了解，也有了更强的自信。王道高转正，担任村支部书记。而福根最终如愿以偿，当上了第四生产队副队长。

村中学有个老教师，早年学过英语，给王道高的姓名颠了个，喊他道高王。什么意思，老教师不说清楚，含糊其词，因此谁也不知道。有好几个学生缠着老教师问，老教师被逼无奈，只好用英语叽哩咕噜地说了一通，听上去像是在说，王道高掐了鹅的脖子，癞蛤蟆吃了红烧天鹅肉。学生傻眼，没有人能听懂。

从此以后，就开始有人称王道高为道高王了。

传奇老鸡的鸡生哲学

南白荡朱家角,是朱姓村民聚居的地方。上溯到很多代前,各个圩头上姓朱的,都是一家人。朱家角,由聚族而居得名。

生产队中唯一的外姓是刘家,住在瑞字圩的西北,位于朱家角的边缘。刘家主人叫刘兴,宅子与朱家角隔了一块大田,前后不靠,属于单门独户。刘家与朱家角之间的联系,是一条紧靠河边的小路。

刘家西侧的河是龙泾江,东北两面有一个不规则的小竹园。在小竹园里,住着龙泾村为数不多的几只布谷鸟,尽管没有更大的天地可供它们迁徙,施展拳脚,但它们每天却都在小竹园里深沉地呼号,"布谷、布谷",孜孜不倦地劝说生产队的社员要努力耕作,乐于奉献。

正是有了这个小竹林,有了这几只布谷鸟的呼号,才时不时地让南边姓朱的社员关注到,朱家角的北面还有一户刘家的存在。

但是,刘家的鸡鸭则没有那么幸运了。刘家在小竹园里所养的鸡鸭,从来得不到外界鸡鸭的关注,处于与世隔绝的状态。因此,刘家的鸡鸭,只能是自家鸡与自家鸡玩,自家鸭与自家鸭玩,或是鸡同鸭讲,鸭同鸡说,从来没有到外面串门的念想。也因此,小竹园既是刘家鸡鸭的乐园,也是刘家鸡鸭的囚笼。

如果说布谷鸟每日呼叫口号是上进的、充满激情与理想的,那么鸡鸭平实地生活着,则是显得有些消极的。刘家的鸡鸭可能知道,自己捉虫啄实挖蚯蚓,无非是替主人生蛋换油盐,略略改善生活罢了。你看,公鸡、公鸭,由于没有生蛋的功能,一般寿命不长,总是先于母鸡、母鸭进入油镬,进入蓝边大碗,在空气中散发一阵香味后彻底消失。无论母鸡,还是母鸭,不可能不消极地想到,一旦自己久不产蛋,或是逢年过节家里来了贵客,那完整地奉献出自己生命的时刻也到了!

但是，这种情况在一只老母鸡身上有了改变。

有一年，约摸是改革开放初期，刘兴的儿子刘平，早春时节去镇上，见哺坊里的小鸡可爱，就随手买了十几只。由于培养不太专业，夭折与英年早逝的小鸡占了大头。至初夏，成材的只有两只，一只羽毛花色鲜艳，另一只外表相对朴实。两只母鸡差不多同时下蛋，其鲜艳者每日一蛋，十分勤快，而朴实者每两日一蛋，输了一筹。

两鸡不紧不慢地下蛋，今天两个、明天一个，两个、一个，日子过得不仅有节奏，而且非常快。鲜艳鸡心想，年关在即，主人家待客杀鸡，不杀你杀谁，会杀我？而朴实鸡呢，依旧每日在竹林里觅食，偶尔也与布谷鸟比拼几声叫唤，一如往常，幸福，无忧无虑。

有一日夜间，黄鼠狼提前拜年。其结果是鲜艳鸡首当其冲，脖子上被咬出两个血洞，尚未发出呼救即倒毙于鸡舍。而朴实鸡，在黄鼠狼咬其友鸡脖子时即奋起抵抗，不仅大喊大叫，扑翅踢腿，而且发喙直啄，让黄鼠狼付出局部毛皮受损的惨痛代价。

不用说，黄鼠狼对该鸡留下了深刻印象。

第二天傍晚，那朴实鸡不待主人关门，主动宿至厨房灶台旁，一脸受惊吓之后茫然无助的模样。刘平说，此鸡吓坏了，这几天就让它宿在厨房吧。

次日一早，主人开门，该鸡奔跃而出，排便后即高声唱歌，提醒主人：它乃聪明且高素质的鸡也。此后数月，此鸡天天宿于灶台旁，夜间十分安静，既不在厨房随便拉屎，也不在厨房随便抖毛。更有意思的是，该鸡早上随主人开门而出时，还非常懂事，脸上挂着一种感恩的模样。

鸡非常懂事，人当然更是懂事。刘家上下于是一致认为，此鸡乃非同一般的鸡，是从来未曾见过的聪明鸡，把这样聪明的鸡杀了吃，是一种罪过，会有报应。因此，他们一家郑重做出决定，并且把这列入刘氏家训家规：无论今后如何困难，不到万不得已，绝对不能杀了此鸡。

有关此鸡，还有很多故事。

一是，后来黄鼠狼再次拜访，准备来报宿仇。谁知此鸡早先几日已有预感，在石阶上磨喙，喙磨得十分锋利，并且反复练习腾挪飞跃，双翅开展，并用鸡爪子强劲向前抓握，状如鹰击长空，又如鹰儿俯冲抓兔。是夜，双方在厨房交爪打斗，鸡未受伤，而黄鼠狼居然落败。黄鼠狼从此不再登门拜年。

二是，它依然两天下一蛋，大小如从前。彼时刘平结婚生子，其妻产后无奶水，用米粉调此鸡所生蛋黄喂养，方使孩子顺利长大。换作其他鸡蛋，其子居然没有任何食欲。刘平究其原因，才发觉此鸡喜食，但不贪食小竹园之蚯蚓，偶也啄食竹园之小野葱，故所产鸡蛋之蛋黄橙红，蛋白清亮，无论与西红柿炒、韭菜炒，还是与白菜炒，清香之中有一种幽异之香，既类似于野芹的药味，而又有春笋咸肉汤的鲜味。

三是，自鲜艳鸡死后，朴实鸡常有郁郁寡欢之态，刘家遂从市场上买来一峨冠彩羽之成年芦花雄鸡，目的是给此鸡配对作伴，排遣郁郁与寂寞。芦花雄鸡志不在小竹园，它喜欢沿着河边小路迈步，边觅食，边时不时对着河水高声歌唱。它迈步行进且引颈高歌的姿态很美，与大田的稻苗相映生辉，引得朱家角的公鸡母鸡都来围观，像崇拜明星一样地崇拜它。

最后，那芦花雄鸡死于非命，有人说是它被那母鸡谋杀了，有人说是它死于吃了有毒的稻谷，也有人说是被朱家角的雄鸡集体设陷而灭。作为开拓者,那雄鸡打开了刘家鸡鸭的外部世界,只可惜死于非命。后来有人说,雄鸡如果不付出一点代价,那就不能说明艰辛,也就不能阐述其行为的伟大意义。因此,再给雄鸡加上一点绯闻,那情节就十分曲折,引人入胜。否则,故事吸引不了人的眼球,搞不了噱头,干枯艰涩,毫无价值。

至于那母鸡,一直到刘平的儿子上完高中,以极端高龄,依旧每隔一天产一蛋,从不间断。刘平的儿子来南京上大学,我接待过刘平,提到那只老鸡,知道它居然还活着,谨慎、认真,神采奕奕,如真神一般存在着。

臭闭：突然消失的嗅觉

题记：这个与黄鼠狼有关的故事，并不神神叨叨，如大仙显灵、附身之类。毫无新意的故事只会让人厌倦。我想说的，是一个基于真实的故事，因为我就是其中一个见证人。尽管由于年代久远，一些细节不够准确，但希望你不要将其视为神仙故事。

春伯在油菜花开的季节，忽然发觉自己的嗅觉出了问题。

三月下旬，已有油菜花悄然开放。油菜花香随风飘扬，似有若无，飘过在田间劳作的社员的鼻尖，让他们欣喜不已。一年一度的花香，与稻谷、麦子及油菜籽一样，算是对他们辛苦劳动的一种回报。于是，便有人在闲望时，不由自主地大声喊道，油菜花开了，好香！

与往常不同的是，一向鼻尖的春伯，居然没有闻到花香。直到听到叫喊声，他仿佛才想起似的，对呀，油菜花开了呀。我怎么闻不到花香？他使劲地嗅了嗅，甚至迈进菜花田里，弯下腰，将鼻子凑近油菜花，还是感觉不到花香的气息。

他想，许是伤风了，鼻子失灵，要不我不可能闻不到。

他心中掠过一丝诧异。

四月上旬，特别是清明过后，经过雨水洗礼过的油菜花，大片大片，齐刷刷竞相开放，在清朗明亮的阳光下，闪耀着黄金般的光芒。这一刻，整个村庄都浸泡在花香之中，村中小道是香的，房前屋后是香的，奔跑着的孩子身上也是香的，就算是泛出深青色寒冷气息的江水，也是香的。

那一段时间，无论是在村里走动，还是穿行在田间，春伯试了好多次，还是感觉不到一丝花香。他走到龙泾江边，看见江水之上，一片片香气与水雾缠绕，如云似烟，如同一个扭动身姿的妖娆美女。他不光是凭着经验，他用眼睛，看到了油菜花香真实的存在。

他的鼻子不能闻到花香，他的眼睛却在江上看见了花香，这下，他就不再疑惑，他确信自己病了。

如电闪一般，他忽然想起那只黄鼠狼，那顿黄鼠狼红烧肉大餐，那张卖了3块钱的黄鼠狼皮。

于是，春伯确认了问题的严重性，拔腿就去找赤脚医生。

赤脚医生做过连队的卫生员，刚从部队复员回来。他虽谈不上见多识广，但受过的培训多，水平相较于其他村的赤脚医生，那是相当不错。

赤脚医生听完春伯对病情的描述后，双手一拍，这个简单，这个简单。

赤脚医生说，你拿个粪勺，到屋东头的粪坑里，搅搅，多搅几次，搅完之后再回来。

春伯是个聪明人，但也不明白他何以如此。他紧盯着赤脚医生看，确认那个小年轻赤脚医生没有恶意后，出门找粪勺去了。

十分钟后，他回来了。赤脚医生问，闻到臭味了？春伯点了点头，是的，好臭！

赤脚医生说，那说明你的鼻子没问题。辩证法告诉我们，有香就有臭，有臭就有香，香与臭是辨证的存在。能闻到臭味，自然能够闻到香味。反之亦然。所以你的鼻子肯定不会有问题。闻过了粪臭，再去闻油菜花，你一定能闻到扑鼻的清香。

赤脚医生拉着春伯，推开后窗，说，你闻闻，再闻闻。闻到香味了吧。医务室在村庄最北，除了几棵树，屋后就是无边无际、明艳闪亮的金黄，以及你能看得到的、弥漫在金黄之上的香气。

春伯脸上先是茫然，然后是骇异，接着是崩溃前的沮丧。要知道，那时候一年忙碌三百六十五天，能够让社员感觉生活快乐点的，莫过于两个时间节点。如果说春节基本算是世俗物质方面的快乐，那么油菜花开的季节就是精神的享受，十分重要。失去了这难得的精神享受，无疑使得春伯倍感失落。春伯一米七五的个头，是那时村里数一数二的高个子，现在，他委顿、佝偻，显得十分憔悴。这表情告诉赤脚医生，他还是闻不到。

赤脚医生见此，安慰他说，春伯，你不必过于慌乱，依我来看，这不是什么绝症。为什么呢？你想，如果是绝症，那你连粪臭都闻不到，现在只不过是闻不到花香罢了。随后，赤脚医生半带笑半带认真地说，也许，没有花香，才是革命最彻底的象征！

赤脚医生接着打开酒精瓶，又打开碘酒的盖子，递到春伯的鼻子下，接着打开他自认为可以闻味的任何东西，说，你每个都闻闻，慢慢闻，慢慢感觉。

实验的结果多次证明，春伯还是只能闻见臭味。其他的味道，仿佛一齐从他的鼻子与嗅觉系统中抹去，或者说是被屏蔽掉了。令人奇怪的是，为什么独独留下了臭味？

在这个春天，赤脚医生遇上了他回乡行医后第一个难题！不过，这难不倒他，他有调查研究的法宝。

赤脚医生递了一支烟给春伯，自己也点了一支，在烟雾缭绕中开启灵感。他想，伟大的思想与伟大的方法解决不了的问题，其背后一定隐藏着不为人知的蹊跷，这是什么花头经呢？赤脚医生自说自话，自问自答，到底出了什么事，让你只闻其臭，不闻其香呢？

春伯想了想，回答道，要说蹊跷，可能还得从黄鼠狼说起。

春伯说道，秋收之后，又开始兴修水利，肚子里没有油水，人怎么下田？后来我就想到了捕黄鼠狼，做了不少捕鼠夹。我在沿着南白荡与南汀头的堤岸边，用竖铲挖了很多个洞，在洞底放上小鱼小虾，然后在洞口设置机关，加上伪装。

头几天，一无所获。直到后来，才逮到一只黄鼠狼。那黄鼠狼聪明，一直在假死。它以为我一到地头，见它已死，一定会解开套子，然后它就可以趁机溜走。哪知道我连黄鼠狼与机关，一起拾了就走，丝毫没有给它可趁之机。于是它绝望了，拼尽全力放了一个大屁。那屁奇臭无比，我一下中招，嘴巴、鼻子、眼睛、耳朵里都是这屁的东西。我当即眼泪鼻涕一起流下来，大声咳嗽。我只得扔下黄鼠狼与机关，跳出臭屁阵，一屁股坐到田埂的茅草丛里。

那黄鼠狼掉到地上，带着机关奔跑了半条田埂，最后咽了气。我呢，直到太阳出来才回过神来。站在冷风中，浑身上下的那味道，怎么吹也吹不掉。我找到那黄鼠狼，带回家，将它剥了皮，掏了肚肠，然后斩成块，放在小锅里与茨菇一起炖。

故事说到此，赤脚医生表明尽管他有辩证法与调查研究，但苦于没有解决问题的方法，也就只能到此为止，无法深入了。于是他的兴趣忽然转向了红烧黄鼠狼肉的滋味。他问，肉的味道可好？春伯说，黄鼠狼肉很香，有鸡肉的味道，但是比鸡肉要嫩；与兔肉相比，黄鼠狼肉劲足，鲜香中略带一点骚味。要说好吃,倒是茨菇不错,那天我把茨菇与黄鼠狼肉一起炖,吃上去一点不沙,清脆,好比好多年前吃过一回的苹果。

赤脚医生咽了几次口水,抽完了一包烟后,对春伯说,这事得从容计议。作为曾经的革命军人,热爱科学,因此他不能像农村妇女那样,建议春伯搞一套迷信活动来破解这疑难杂症。于是他说,要不,你可以去同里镇上,那里有个老中医,擅长看疑难杂症,或许他有办法治好你的病。

第二天,春伯坐着芦苏班(来往于芦墟与苏州之间的航船)来到同里,找到了赤脚医生所推荐的那位老中医。

老中医有七十多岁,须髯皆白,虽气度不凡,但亲切随和。听了病况诉说后,他给春伯搭了脉,又让春伯伸出舌头,问了年纪,了解了嗜好。老中医沉吟良久,方才道来,这也是他碰到的一件疑难杂症。老中医说,从前吴门医案中有一例香闭症的记录,说的是香闺之中的女孩,日日闻香,终至不闻他味,心情郁闷,后来立于污秽之中,终于开窍,病也随之痊愈。至于你所说的病,像是臭闭症,这病医案中没有描述,我还没听说过,奇怪!

春伯识字不多，听"臭闭"两字，以为是臭屁，当下心生敬畏，连声说，是的是的，是黄鼠狼放的臭屁。春伯原本不信所谓名医，有意不说黄鼠狼的事，看看这老中医到底有没有水平。但臭屁两字，让他明白眼前的老中医水平确实是高。

老中医接着说，这病并无大碍，你们农民很苦，不必再花钱去求治。趁芦苏班还赶得上，你就早点回家去吧。春伯临走时，老中医再三叮嘱，不能乱花钱，遇到花开，就多嗅嗅，也许一下就好了！

从同里回来后，春伯养成了一个习惯，不停地嗅鼻子，找寻花香。可惜的是，那时农村，虽说是江南水乡，除了开在田间的小小的野花外，什么花都没了，花在思想之中，远在生活之外，欣赏花、闻花香是一件费劲的事。因此油菜花开过后，若要闻花香，那还得等油菜花开，但那已是一年之后的事了。

补充说一句，当年与春伯一起吃黄鼠狼肉的人中，还有我，我那时正好周岁，一直未及开荤。据说，一周岁的我品鉴了黄鼠狼的肉汤与肉糜后，当即眉开眼笑，口虽不能言，但倍感生活美好的表情，却是他人一眼都能看个明白的。

一颗不烂的西红柿

我的办公桌上放着一颗西红柿,从6月1日到现在,跨了个新年,时间过了七个月,始终不烂。

这是我在办公室里种的西红柿所结的果,皮厚,肉实,初始粉红,其次深红,现在暗红,过后当是紫红。红得发紫之后,大家都知道,一定是变坏,腐烂,然后扔进垃圾堆。

但是,有意思的是,紫红过后,它又变成了不淡不深的红。这么长时间,周六、周日两天阳光房的酷热,新装饰房间各种有毒气体的浸润,以及我一周五天絮絮叨叨的烦恼,都推进不了它腐烂的进程!

我想,也许换了其他西红柿,不出一周就烂透了。

这真是一颗神奇的西红柿!

我是几年前开始在办公室种西红柿的。我的办公室类同于一个阳光房，西南两面都是落地玻璃窗，阳光强烈穿越，升温极其容易。虽说保温效果略差，但夜晚室温下降不快，并不影响西红柿生长。因此，在办公室种西红柿，除了缺少露水，基本上没什么问题。

我先找一个很大的花盆，将原本死掉的花木连根拔起，又松了土，并且烧了一大叠报纸与文稿，还烧了些枯草叶子。我将纸灰均匀地撒在土里，播下从网上买来的种子，再细致地覆上草灰、细土，然后洒上水。

像一个虔诚的信徒，我祈祷并静待种子从泥土中发芽。不长的时间，西红柿出秧，分蘖，拔节，枝枝各自向上。个把月时，西红柿已经长得很高，主杆与四处伸展的侧枝，无不表现出蓬蓬勃勃的生命活力。这种变化，快得令我恍惚。

后来，我决定找几根铁丝，搭建一个横短竖长的架子。西红柿的发展要有靠才行，这是非常重要的一环。有了这个依靠之后，西红柿才可以攀爬，向上发展。事实也是如此，铁架搭成不久，西红柿爬满整个铁架，并且开满了黄色的花朵。黄花镶嵌在嫩绿的枝叶之中，显得格外的醒目，那么招人喜欢。

此时，按一般的西红柿培养标准，我得打掉侧枝，剪去腋芽，掐断顶芽，只留少量的花序；坐果后，为了让果子长得更大、更好，我还得修理多余的叶子，抛弃多余的挂果。但我始终不忍心在众多果实中作出选择。我不是菜农，我种西红柿自然不是为了所谓原生态无污染的享受，我只是喜欢这一盆的茂盛而已。小小西红柿，在盆里宏大叙事，符合我来自吴江乡村"螺蛳壳里做道场"的认知风格。说实话，无论你见过多大世面，无论你看过多少世界的精彩，但你绝对不能否认，它逐渐成长，枝叶繁茂，然后开花，继而枝头挂满果实，这样的过程，看着就是生活中的一种享受！

午休时间，在温暖的阳光下，我搬一张凳子，移坐在西红柿面前，细细欣赏它的每一根绒毛、每一片叶子、每一朵花、每一个青果。这西红柿高产，几乎每开一朵花就结一个果。对着这么多果，我自言自语。我告诉它们，尔果生而平等，各有自土地中汲取养分、从阳光中吸收能量的权利，因而，如果我以牺牲十分之九的代价去成全十分之一的甜美，那岂不是极不公平！如果我还振振有词地阐述保留十分之一构想的伟大意义，那岂不是欺世盗名、恶到无边！

我想，我不必自居对它们有恩，不负这天赐的果子，一定是一种正确的选择。

秋去冬来，西红柿叶子开始枯黄，果子也泛红了。不到一周时间，果子的青涩全部褪去，转成粉红，而这粉红与浅黄结合得自然妥帖，恰到好处。尽管西红柿的生命进入了最后时期，尽管这一树成熟的果子没有一颗大小能超过鸡蛋，其中绝大部分都成了"圣女果"，但我内心是充盈的、开心的，仅是这颜色与姿容，就给了我无边的美的享受。

有意思的是，过了一段时间，西红柿成熟。我摘取其中的十几枚，煮了一碗西红柿榨菜鸡蛋汤。西红柿味道浓郁，满屋飘着奇异的酸香味，令我感到奇怪的是，这汤里还有种神圣的味道。因为没有切开，西红柿都漂在汤上，满满一大碗的红色。小口品尝此汤，居然完全吃不出鸡蛋与榨菜的味道。两天后，我用西红柿来炒鸡蛋，一中盆，却不知为何，除了略为增加一点酸味外，西红柿炒鸡蛋，全是鸡蛋的味道。吼吼，奇哉怪也。

今年春节，过年后回宁的第一件急事，便是赶到办公室，要给西红柿浇水。因为在回乡前，我发现在西红柿枯枝的底部，又怪怪地长出了两茎新芽。《现代汉语词典》上讲西红柿是一年生草本植物，因此理论上这西红柿已经划上休止符，何以又突然冒出新芽来？我打开办公室门，发觉不到十天，这两茎西红柿正以蓬勃的势头向上发展，并爬满左右。看这势头，类同奇迹，已经完全超越了第一茬。为了给它补"钙"，增加养分，维持它的发展势头，我如法炮制，又烧了些草木与报纸、文稿，化在水中，浇在根部。果不其然，四五月间，西红柿就开始挂果了。遗憾的是，果不多，只有二三十颗，颗颗坚硬皮实，如"圣女果"那么大小。

六月初搬家，考虑到与新环境不匹配，为了整洁，我忍痛把这盆西红柿处理掉了。也许在思想深处，我有一种对不起它的感觉，于是我在二三十枚西红柿中，随机取了一颗果子摆在办公桌上，日日观赏，以观其变。

我没有想到，它至今不烂。难道，它在宽慰我的同时，是在提醒我什么？

它不烂的精神，得自何处？

咸猪耳朵，外加啤酒

咸猪头挂在肉砧头的铁钩上，沉闷灰白的肉色表面，闪耀着晶莹光亮的老粗盐花，让你跨进肉店，瞄上一眼，就能在很远的地方闻到一股浓烈且深沉的咸香。

咸猪头的眼睛照例是闭着的，那白色粗壮的眼睫毛交错低垂，像是昏沉入睡，但又有点像一个清心寡欲的人在闭目修行。

过年的时候，在供销社的肉店里，这种表情的咸猪头挂成一排，整齐划一，颇为壮观。如果你站在肉店里，一定会想，这是什么样的纪律、规定，或是理论，让猪们以同一种精神状态，淡然前往另一个世界？现在，时间碾压，仅从咸猪头咬得略紧的嘴唇中，你已很难读出它曾经真实存在的思想。

然而，与活着时耳朵耷拉着相比，咸猪耳朵坚硬、挺直，色如琥珀，并且向着两侧飞扬，如同年轻人动不动拥抱太阳时张开双臂那样，精神昂扬、风采卓然。不仅如此，因为这飞扬的耳朵，使咸猪头的两颊显得瘦削，从而导致整个脸型硬朗干练，帅气十足。从审美的角度看，撇开咸猪头肉之本身，这种很酷的造型，绝对也会是你喜欢咸猪头的重要理由。

尽管如此，彼时镇上人在肉店驻足停留，绝大多数关注的不是那酷酷的咸猪头，却是咸猪头下方砧板上的鲜猪肉。对咸猪头，镇上人的审美极其短暂，既没有长度，也没有深度。镇上人对于猪肉咸香的喜爱，或许只在于夏天烧的冬瓜咸肉汤。而且，咸肉照例不会是咸猪头肉，更不会考虑咸猪耳朵。因为，咸香与鲜香，不是审味，也不是审美，而是一种地位上的本质差别。

因此，关心鲜肉的镇上人，不知道猪耳朵为什么在腌制的过程中会由软变硬，就连肉砧头旁操刀的大师傅，也说不出个所以然。但是，大师傅明白，这喜好辨味的乡下人，在很多年前就被定格，变成了这审美的主体。你看，他们的眼睛在咸猪头上扫来扫去，边排队，边思考。大师傅相信，这天天干农活、天天出一身臭汗的农人，正契合令人心醉的咸

咸猪耳朵介于软骨和肉之间，其地位与门脸、项上肥肉不分伯仲。

香气息，与咸猪头形成一种全新的共振。

此刻，肉店来了一张全新的面孔。他的名字叫双根，一个高中毕业没有考上大学的年轻人，刚经人介绍进一家乡镇企业工作，做外跑。由于身材略显矮小，他站在曲尺型柜台前，昂着头，用近视程度不高的双眼扫瞄咸猪头。他执着地在一排咸猪头上研究，是因为他有一个重要的接待任务。有一个西北来的客户，拍了个电报，说是要来厂里洽谈业务。电报很短，语义不详。厂里领导于是就把这个艰巨的任务交给了他，理由是他的普通话好。

研究的结果是，他发觉这七八个咸猪头，就像是一排在主席台就座的领导，集体闭着眼睛沉思，而又统统竖着耳朵认真聆听，仿佛在时刻把握主要领导重要讲话的伟大深刻。研究过整体后，双根开始用眼神解剖咸猪头。他知道，尽管猪头肉三分精，但这里面还是有区别的。猪头肉中最好的应是猪腮帮两侧的咬肌，属于精肉，又是活肉，口感丝毫不输于腿肉与里脊肉。其次轮到的是舌头，舌头又叫作门枪，略有点不登大雅之堂，但猪舌头之为肉，厚实、丰满、不虚浮，轻易不说大话。然后是脸面，然后是颈项上下的浮肉，那两种肉的性质有点复杂，口味自然差上不少。最后是咸猪耳朵，与肉有着明显的区别，介于软骨和肉之间，其地位与门脸、项上肥肉不分伯仲。

一切从实际出发。在反复比较过价格后，双根在大师傅的一声暴喝中，果断地买下了其中一个咸猪头上的一对咸猪耳朵。做出这个决定，对于刚刚参加工作，口袋里面没有多少银子的双根来说，是一个非常艰难的选择，况且，双根那时每月也只有有限的三两肉票，即使有钱也未必有什么用。最最重要的是，改装车厂的领导已经明确表示，业务如果谈成了，这笔招待费一定报销，言下之意，业务如果谈不成，这笔费用是报不了销的。这让双根觉得，做这一笔业务像是在赌博，运气不好，还要赔上一票。

客人是傍晚时分到了镇上的。双根在轮船码头接上他，安排好他的住宿后，又在大众饭店请他吃饭。大众饭店是供销社的下属单位，他一个同学的叔叔在这当经理。同学的叔叔很帮忙，代为加工了咸猪耳朵。这同学的叔叔虽是经理，却也是本地大厨，他亲自动手，将咸猪耳朵在温水中浸泡，火燎并用刀刮掉上面的硬毛，然后切成薄条，放在百叶丝上蒸。双根觉得，只有咸猪耳朵一道硬菜，显然分量不够，于是他去渔业大队找同学要了一条鳜鱼。大厨将鳜鱼红烧，上面洒了些雪菜、香菇丝与姜丝。这两个菜都不需要收加工费。双根心里过意不去，咬咬牙又点两个菜，一小盆河虾，一个炒蔬菜，并且还点了个青菜肉丝鸡蛋汤，外加两瓶光明牌啤酒。

客人姓刘，是西北某省某公司的采购员，需要两台改装专用车。那天，他吃得很开心，也许是因为西北人的缘故，他几乎没动鱼虾，就盯着咸猪耳朵吃，吃一口就喝一杯啤酒，然后赞一口，直说好吃。刘师傅嘴唇冒油，并且不停地加重语气说，我从未吃到这么好吃的菜。

双根喝了一口啤酒，听到赞扬的话，脸一下子就红了。他诚恳地说，刘师傅，对不起，咸猪耳朵招待客人，在我们这里，是招待客人最为低档的肉菜，你从西北来，你们那里的牛羊肉比我们这里的好上千倍，之所以用咸猪耳朵来招待你，实在是不得已而为之！再说，这里如果不起早排队，基本上凭票也买不到猪肉！饭店也是如此。这咸猪耳朵，还是我排了半天队才买上的。

刘师傅说，我们那里更差哇。谢谢兄弟啊，不能光是我吃，你也尝尝，来，尝尝！双根拗不过客人的劝，抗拒不了猪耳朵的咸香，夹了一小筷子，顺带夹了些百叶一同咬嚼。香，真香，难怪刘师傅吃了赞不绝口。双根任由这咸香满嘴跑动，不忍心直接咽下。这是一种什么样的味道，过年过节时幸福的味道？双根说不出来。他隐约地感觉，这咸香从悠远地方慢慢赶来，逐渐加重，像极了从记忆深处迸发的历史片断。这咸香，经过堆压，经过暴晒，经过风干，不再是猪耳朵的嫩脆，而且还混合了咸猪头的精华，其香远超咸鸡、咸鸭与咸鹅。

双根还感觉，那喝下去的一大口啤酒，无疑是一种重要的催化剂，比起白酒来，它能更好地释放这猪耳朵沉淀厚重的咸香。有了啤酒，啤酒的气泡，幸福的滋味才得以争先恐后，一齐涌来。

刘师傅打了个嗝，然后煞有介事地说，我吃到了阳光的味道。这话听起来像是经典名言。接着又说了句双根无法理解的话，他说，他感觉小腹摆动着一股暖流。后来，刘师傅作了修正，说，不是摆动，是激荡。这是丹田之气。走到招待所门口，刘师傅又说，他感觉丹田之气澎湃，浑身充满力量。

分别的时候，双根发现，刘师傅的眼睛在夜色里闪闪发亮。

后来，双根的招待费终于成功报销，工厂卖出了四台车，比原来多卖两台。押车去西北前，双根用奖金买了十几对咸猪耳朵。到了地头，刘师傅见到这么多咸猪耳朵，眼睛就放出光芒。那一刻，双根觉得刘师傅的形象实在有点猥琐。双根想，就只吃了一次咸猪耳朵，然后就表现出这种偏爱，实在令人匪夷所思。

那天晚上，刘师傅招待双根一行，激动地说，咸猪耳朵加啤酒，是他吃过的人间美味。双根老弟淳朴，信任他这个远道而来的客人，没有把他当作骗子。他相信，这批改装车一到，一定会对公司产生极大的帮助，让他在公司里立马有了地位。因此，双根可是他的恩人呐。然后，刘师傅贴着双根耳朵说，不瞒你说，我跑了好多汽车改装厂，要么价格太高，要么交车时间太长，还有的厂根本就把我当骗子。在你们那个小镇，在那个夜晚，吃着咸猪耳朵，品着啤酒，我明白了你的善良不欺，让我有一种身处家乡的感觉。

说实在的，双根也想说，那咸猪耳朵对他的帮助更大。那晚，双根甚至觉得，这一场赌博自己是必输无疑的。只不过，他有点书呆子气,像这咸猪耳朵,不愿意把一切表露得过于明显罢了。

人是需要运气的。双根的运气好。但谁知道这运气居然来自咸猪耳朵这种美食!当然,还要选对啤酒。

后记

当我手中捏着一管笔写后记的时候,酒精就开始在我脑中提醒我,以你的昏昏沉沉,怎么可能流畅地写出你昏昏沉沉的思想,又怎么可能让读你文字的人不昏昏沉沉呢?!

酒精然后诚恳地说,你写了这么多鱼,又是白鱼、黑鱼,又是鲢鱼、鳙鱼,又是鲤鱼、鳊鱼、昂刺、甲鱼、鲷鱼,连同孩子们写不出来名字的鳘鲦、鳑鲏,经常读错音的河豚、鳜鱼等等,有几条你喂养过,有几条在河中伴你游过,又有几条你捕捉过?说到底,我想说的是,你究竟对这些鱼有多少了解?

我客气地对酒精说,是的。我虽然自小生长在江南水乡,对鱼有一个粗浅的印象,但我对鱼的更深了解,恐怕都是在酒桌上得到的。我喜欢吃鱼,喜欢坐在酒桌旁,喜欢看鱼躺在盆里、碟中的安静时光，清蒸、红烧、碳烤、炖汤，新鲜鱼的眼珠子暴凸在眼眶外，盐腌的鱼皮儿紧贴着肉身，每块鱼骨头都是工艺品，每根鱼刺与螃蟹的尖爪权且可以当作牙签。在我的嘴巴里，酒精您消遣着鱼肉，并且消灭掉鱼肉的最后一丝腥味，就像消灭掉儿时的记忆一样。你知道的，我喝酒喝得头昏脑胀，或慷慨激昂，或迷蒙沉思，与普通酒鬼别无二致，又何来各种奇奇怪怪！

我又对酒精说，但是我吃过鱼的眼珠，吃了鱼的眼珠，使我与众不同，大大小小的鱼的眼珠，实质上都是白色的小球，吃上去木木的、沙沙的，吃进喉咙的时候能明显感觉到一股淡淡的凉爽。吴江东部汾湖一带有传说，吃鱼眼能清肝明目，这叫以形补形。明目尚可理解，清肝只可意会。我还知道，鲤鱼的口水其实就是一帖春药，上层鱼类的排泄是底层鱼众的美味佳肴，至于鳑鲏的鳞片能熬油、青鱼的鱼鳞能煮汤、鱼鳔的炸声如春雷，糟腌鱼虾会使人打嗝，头道汤里无鱼鳞味，反复熬制后的汤淡了，腥味连醋也压不住，如此这般，不能不说鱼有大怪焉哉！

值得一提的是，常吃鱼的人常被鱼刺卡住。鱼刺卡住你的喉咙，让你不爽，也不让你发声，让你若干若干天思想与情感集中在那个部位。可不可以这样说，鱼在彻底奉献给食客的时候，顺便通过酒精（当然你得喝酒）的昏昏沉沉，提醒这既是在报复你，又是在保护你。

最后，《江南志怪集》即将出版，这是《南白》面世五年后我写作的第二本以故乡为背景的作品集。在这里，要诚挚地感谢各位朋友对"江南志怪"微信公众号的认可与鼓励，正是你们的认可与鼓励，特别是正解，才使我有勇气与动力一路前行。在这里，更要感谢南京师范大学文学院骆冬青教授为本书作序，丝毫没有考虑为这样一本书写序可能会影响他的身段；要感谢著名作家苏童先生、素不相识的作家朱琺先生为本书写推荐语。江苏凤凰文艺出版社的张在健、黄小初、孙茜、梁雪波、王青、姚丽等同志以及黄雨薇、徐亚慧、余立新、刘苏桥等朋友为本书的出版付出了劳动，在此一并感谢。

朱永贞，2022 年 10 月于南京